姚永朴讲文学研究法

姚永朴 著

河海大学出版社
HOHAI UNIVERSITY PRESS
·南京·

图书在版编目（CIP）数据

姚永朴讲文学研究法 / 姚永朴著. -- 南京 : 河海大学出版社, 2019.7
 ISBN 978-7-5630-5924-9

Ⅰ．①姚… Ⅱ．①姚… Ⅲ．①中国文学－古典文学研究 Ⅳ．①I206.2

中国版本图书馆CIP数据核字(2019)第073224号

| 书　　名 / 姚永朴讲文学研究法
| 书　　号 / ISBN 978-7-5630-5924-9
| **责任编辑** / 毛积孝
| **特约编辑** / 李　路　　叶青竹
| **特约校对** / 黎　红　　董　涛
| **出版发行** / 河海大学出版社
| 地　　址 / 南京市西康路1号（邮编：210098）
| 电　　话 /（025）83722833（营销部）
| 　　　　　（025）83737852（总编室）
| 经　　销 / 全国新华书店
| 印　　刷 / 三河市兴国印务有限公司
| 开　　本 / 880mm×1230mm　1/32
| 印　　张 / 6.75
| 字　　数 / 138千字
| 版　　次 / 2019年7月第1版
| 印　　次 / 2019年7月第1次印刷
| 定　　价 / 49.80元

《大师讲堂》系列丛书
▶ 总序

/ 吴伯雄

梁启超说:"学术思想之在一国,犹人之有精神也。"的确,学术的盛衰,关乎一个民族的精神气象与文化氛围。民国是一个动荡不安的时代,内忧外患,较之晚清,更为剧烈,中华民族几乎已经濒临亡国灭种的边缘。而就是在这样日月无光的民国时代,却涌现出了一批批大师,他们不但具有坚实的旧学基础,也具备超前的新学眼光。加之前代学术的遗产,西方思想的启发,古义今情,交相辉映,西学中学,融合创新。因此,民国是一个大师辈出的时代,梁启超、康有为、严复、王国维、鲁迅、胡适、冯友兰、余嘉锡、陈垣、钱穆、刘师培、马一孚、熊十力、顾颉刚、赵元任、汤用彤、刘文典、罗根泽……单是这一串串的人名,就足以使后来的学人心折骨惊,高山仰止。而他们在史学、哲学、文学、考古学、民俗学、教育学等各个领域所取得的成就,更是创造出了一个异彩纷呈的学术局面。

岁月如轮,大师已矣,我们已无法起大师于九原之下,领教大师们的学术文章。但是,"世无其人,归而求之吾书"(程子语)。

大师虽已远去，他们留下的皇皇巨著，却可以供后人时时研读。时时从中悬想其风采，吸取其力量，不断自勉，不断奋进。诚如古人所说："圣贤备黄卷中，舍此安求？"有鉴于此，我们从卷帙浩繁的民国大师著作当中，精心编选出版了这一套"大师讲堂系列丛书"，分辑印行，以飨读者。原书初版多为繁体字竖排，重新排版字体转换过程当中，难免会有鲁鱼亥豕之讹，还望读者不吝赐正。

吴伯雄，福建莆田人，1981年出生。2003年考入福建师范大学古代文学研究系，师从陈节教授。2006年获硕士学位。同年9月考入复旦大学中文系古代文学专业，师从王水照先生。2009年7月获博士学位。同年9月进入福建师范大学文学院古代文学教研室工作。推崇"博学而无所成名"。出版《论语择善》（九州出版社），《四库全书总目选》（凤凰出版社）。

目录

原序 | 001

卷一 | 002

  起原 | 002

  根本 | 010

  范围 | 018

  纲领 | 025

  门类 | 032

  功效 | 043

卷二 | 053

  运会 | 053

  派别 | 063

  著述 | 071

  告语 | 079

  记载 | 085

  诗歌 | 093

卷三 | 102

　　性　情 | 102
　　状　态 | 110
　　神　理 | 118
　　气　味 | 126
　　格　律 | 132
　　声　色 | 142

卷四 | 156

　　刚　柔 | 156
　　奇　正 | 163
　　雅　俗 | 169
　　繁　简 | 177
　　疵　瑕 | 183
　　工　夫 | 191

结论 | 205

附录 | 207

　　桐城耆旧言行录序 | 207
　　答方伦叔书 | 209

原　序

《文学研究法》二十五篇，桐城姚仲实先生撰。先生论文大旨，本之姜坞、惜抱两先哲。然自周秦以迄近代，通人之论，莫不考其全而撷其精。故虽谨守家法，而无门户之见存。往岁主讲国立法政学校，著有《国文学》四卷，翔赡而简易，典显而精凿，学者便之。玮适以是时亦滥竽讲序，获读其书，亟率诸弟执贽往受学焉。

今年先生复应文科大学之聘，编订讲义，较《国文学》尤详。每成一篇，辄为玮等诵说。危坐移时，神采奕奕，恒至日昃忘餐。仆御皆环听户外，若有会心者。不数月全书成，颜曰《文学研究法》。其发凡起例，仿之《文心雕龙》。自上古有书契以来，论文要旨，略备于是，后有作者，蔑有尚之矣。今或谓西文艺学可质言之，无取于文，一切品藻义法之谈，有相与厌弃而不屑道者，吾不知其于西文果有心得否耶？言之无文，行之不远。一旦欲发摅其胸中之所得，而或不能达，将必复有取乎此，庶有以知玮言之非阿好也。共和三年五月一日门人固始张玮谨识。

卷 一

起 原

　　昔《尚书》帝典云："诗言志,歌永言,声依永,律和声。"《诗·关雎序》云："诗者,志之所之也。在心为志,发言为诗。情动于中,而形于言;言之不足,故嗟叹之;嗟叹之不足,故永歌之;永歌之不足,不知手之舞之、足之蹈之也。情发于声,声成文谓之音。治世之音安以乐,其政和;乱世之音怨以怒,其政乖;亡国之音哀以思,其民困。故正得失、动天地、感鬼神,莫近于诗。"朱子(熹)《诗集传序》云："人生而静,天之性也;感于物而动,性之欲也。夫既有欲矣,则不能无思;既有思矣,则不能无言;既有言矣,则言之所不能尽而发于咨嗟咏叹之馀者,必有自然之音响节奏而不能已焉。此诗之所为作也。"然则文字之原,其基于言语乎;言语其发于声音乎;声音其根于知觉乎。大凡盈天地间者,皆物也。物之号有万,其由气而凝为质者为矿物,有生意者为植物,有知觉者为动物。动物之中,惟人也得五行之秀气而最灵。故鸟兽虽有知觉,而狭而不广,偏而不全;人则既广且全,广故大,全故周。自堕地以来,即呱呱而泣,盖已有所欲矣;继而解笑,又继而解言;至能言而思无不达、求无不遂矣。故不惟一己之欲可以表示;且人与人之欲,亦可以相为感通。然而能宣之于觌面者,究不能推之于万里,是行于近而隔于远也;能著之于一旦者,究不能求之于百年,是通于暂而滞于久也。使终古如斯,将思之达者仍有所不达,求之遂者仍有所不遂。有聪明睿智者出焉,于是作书契以易结绳之治,百官以理,万民以察。盖至是而人类之作用乃益宏,文字之功效,乃不可胜数矣。昔扬子云(雄)《法言·问神》篇云:"言,心声也;书,心画也。"徐伟长(干)《中论·贵验篇》引子思云:"事,自名也;声,自呼也。"孔冲远(颖达)《尚书·序·疏》云:"言者,意之声;书者,言之记。"韩退之(愈)《送孟东野(郊)序》云:"人声之精者为言。文辞之于言,又其精也。"程子(颐)《语录》云:"凡物之名字,自与音义气理相通。天未名时,本亦无名,只是苍苍然也。何以便有此名?盖出自然之理,声音发于其气,遂有此名此字。"然则天地之元音发于人声,人声之形象寄于点画,点画之联属而字成,字之联属而句成,句之联属而篇成。文学起原,其在斯乎!其在斯乎!

粤稽"庖牺氏之王天下也,仰则观象于天,俯则观法于地,观鸟兽之文与地之宜,近取诸身,远取诸物,于是始作八卦"

(《易·系辞下》)。又"因而重之"(《系辞传》),为六十四卦。盖天地万物之情状,已隐然括于其中矣。及黄帝时,史臣仓颉见鸟兽蹄迒之迹,知分理之可相别异,乃造书契。其初但依类象形,故谓之文;其后形声相益,而谓之字;著于竹帛,则谓之书。《周礼·地官·保氏》教国子有六书,所谓指事、象形、形声、会意、转注、假借是也。许叔重(慎)《说文解字序》云:"指事者,视而可识,察而见意,二二是也(二二即上下)。""象形者,画成其物,随体诘诎,日月是也。""形声者,以事为名,取譬相成,江河是也。""会意者,比类合谊,以见指㧑,武信是也。""转注者,建类一首,同意相受,考老是也。""假借者,本无其字,依声托事,令长是也。"《汉书·艺文志》又云:"六书谓象形、象事、象意、象声、转注、假借,造字之本也。"大抵文字之义,总归六书,故同为造字之本,然序不可紊。其最先者为指事、象形;有指事、象形而后有形声、会意;有四者为体,而后有转注、假借为用。故《汉志》于四者皆曰"象",而二者缀于后,与许君小异而大同,但世运变迁,而文字随之。据《说文解字序》云:"周宣王太史籀著大篆十五篇,已与古文或异。"七国时以天下分裂,字尤异形。秦始皇时李斯乃奏同之,罢其不与秦文合者。斯作《仓颉篇》,中车府令赵高作《爰历篇》,太史令胡毋敬作《博学篇》,皆取大篆,或颇省改,所谓小篆者也。时大发吏卒兴戍役,官狱职务繁,初有隶书,以趋约易,古文由此绝。自尔秦书有八体:曰大篆,曰小篆,曰刻符,曰虫书,曰摹印,曰署书,曰殳书，曰隶书。汉兴有草书。孝平皇帝时，征沛人爰礼等百馀人，令说文字未央廷中，黄门侍郎扬雄采以作《训纂篇》。及新莽居摄，复改定古文，时凡六体，所谓古文、奇字、篆书、左书、缪篆、鸟虫者也。《隋书·经籍志》亦云："自仓颉讫于汉初，书经五变：一曰古文，仓颉所作；二曰大篆，史籀所作；三曰小篆，李斯所作；四曰隶书，程邈所作；五曰草书，汉初作。"秦废古文用八体；汉用六体，并稿书、楷书、悬针、垂露、飞白等二十馀种之势，因事生变也；魏世复有八分书。然自晋以后，楷书独盛行，其后遂为世所循用。此字数逐代增加，古少而今多，与其体变易，古繁而今简之大略也。自古书契，多编以竹简；其用缣帛者谓之纸。缣贵而简重，并不便于人。东汉元兴中（和帝年号）宦者蔡伦乃造意用树肤、麻头及敝布、鱼网以为纸。和帝善其能，自是莫不从用焉，谓之"蔡侯纸"（《后汉书·宦者列传》）。及唐末益州有墨版，蜀相毋裔请用以刻九经；宋景德中（真宗年号）又及于诸史（详见焦竑《笔乘》）。由是印刷之业兴而版本出。明中业复有活字版。此文籍流布、其术古拙而今巧之大略也。

若是，则今日宜文学发达，远迈古初矣。而考其实乃有大谬不然者，何也？间尝推寻其故，然后知今之字数孳乳而寖多，其体又视古日歧，迨至楷书通行，而去之也益远。凡古之浑浑灝灝噩噩之文，在当日不难家喻户晓者，今则虽老师宿儒，欲求其融洽贯通，非竭毕生之力，不能得其涯涘。故古者以同而易，今以歧而难。此其一也。今之缮写印刷，视古为便。凡古人之著于竹帛者，类皆众所宗仰之书；匪是，则杀青无日。职是之故，虽汉之贾（谊）、晁（错）、董（仲舒）、刘（向），其所纂述多者百馀篇，少乃五六十篇，或十数篇，或数篇。今则村塾学究，坊市贾客，亦皆著书镂板，自命通才，虽挦撦饾饤，率尔成章，然以当于庸俗之心，遂致不胫而走，汗牛充栋，涉览殊艰。故古者以少而专，今以多而纷。又其一也。然则如之何而可？曰：欲由今溯古，以通其训诂，必自识字始。夫古者大篆且群以为异于古文，今虽小篆尚觉近古，故《说文》一书，自当与《尔雅》同资研究，庶几可知古人造字根原，若者为本义，若者为引申义，若者为假借义，而经典之奇字奥句，可以渐通矣。试观古今文家，如李斯有《仓颉》七章，司马长卿（相如）有《凡将》篇，扬子云有《训纂》篇八十九章，班孟坚（固）复续十三章，而段氏玉裁《说文注》引其中所载孔子以下数十家之说，皆深于文事者。唐韩退之尤兢兢于此，故其言曰："凡为文辞，宜略识字。"（《䗩斗书后记》）又曰："文从字顺各识职。"（《樊绍述墓志铭》）近世湘乡曾文正公（国藩）论文，亦以"训诂精确"为贵（《日记》）。可见欲文章之工，未有可不用力于小学者。曩时巴县潘季约（清荫）为永朴述南皮张文襄公（之洞）督学四川日，每谆谆以此训后进，以为小学乃经史词章之本。及任满旋京，成都门人武抑斋孝廉（谦）问："治《说文》如何致力？"公告以入门之法曰："试取许君五百四十字部首，记其形体，审其音读，究其训解，殚数十日之力，往复熟习，必期一睹其字，即能读为何音，辨为何义，并闭卷而能默写其字体，一一无讥,再与言第二事。"其论至为切实,可备学者之取资。若夫欲从数百千万卷中,撮其英华,去其糠秕,非知所抉择不可;欲知所抉择,非有真识不可;欲有真识,非有师承不可。盖有师承而后有家法,有家法而后不致如游骑之无归。昔吾家惜抱先生(鼐)尝谓己才弱,而《上刘海峰先生(大櫆)书》,则言"所赖者,在于闻见亲切,师法差真",意正如此。夫古今集部,浩如烟海,究之足以名世者,每朝不过数人。六经、周秦诸子、《楚辞》《文选》姑勿论;近世古文选本,莫善于姚氏《古文辞类纂》、曾氏《经史百家杂钞》。二书自六朝以前人外,其以为圭臬者,惟唐荆川(顺之)、茅鹿门(坤)所定"唐宋八大家"。姚氏益以元次山(结)、李习之(翱)、张横渠(载)、晁无咎(补之)、归震川(有光)、方望溪(苞)、刘海峰数人;曾氏益以元次山、陆敬舆(贽)、李习之、范希文(仲淹)、司马君实(光)、周(敦颐)、程(灏、颐)、张(载)、朱"四子"、范茂名(浚)、马贵与(端临)、归震川、姚惜抱十馀人。骈体文选本莫善于李申耆(兆洛)《骈体文钞》,其所录者,自秦以迄于隋而已。古今体诗选本,莫善于王阮亭(士禛)《古诗选》《唐人万首绝句选》、姚氏《五七言今体诗钞》、曾氏《十八家诗钞》。王、姚所列入者较多。曾氏所谓"十八家",曰曹子建(植),曰阮嗣宗(籍),曰陶渊明(潜),曰谢康乐(灵运),曰鲍明远(照),曰谢玄晖(朓),曰王右丞(维,官终尚书右丞),曰孟襄阳(浩然,襄阳人),曰李太白(白),曰杜工部(甫,晚依严武于蜀,表为工部员外郎），曰韩昌黎（愈，南阳人，先儒谓在修武，然文集每自称昌黎，盖祖居之地），曰白香山（居易，居东都履道里，构石楼香山，自称香山居士），曰黄山谷（庭坚，尝游皖潜山山谷寺石牛洞，乐其林泉之胜，因自号山谷道人），曰陆放翁（游，为参议官于蜀，以与蜀帅范成大文字交，不拘礼法，人讥其疏放，因自号放翁），曰元遗山（好问）。盖鉴别皆极精审。吾人从事兹学，自当先取派正而词雅者师之，馀则归诸涉猎之中。又其次者，虽不观可也。果如是，必不致损日力而堕入歧途矣。

或曰：文章特一艺耳，沾沾自喜何为？曰：否，不然。凡以文学为一艺者，不过本孔子"文莫，吾犹人也；躬行君子，则吾未之有得"（《论语·述而》）与"行有馀力，则以学文"（《学而》）诸语耳。然孔子之意，盖以行为文之本，非谓有行即可无文也。使其如此，何以"四教"以文为首（《述而》），而畏于匡，且曰"文王既没，文不在兹乎"（《子罕》）？昔李习之《寄从弟正辞书》云："汝勿信人号文章为一艺。夫所谓一艺者，乃时世所好之文，或有盛名于近代者是也。其能到古人者，则仁义之辞也，恶得以一艺名之哉？"斯言可谓谛当。然则，北齐颜黄门（之推）谓"自古文人多陷轻薄"（《颜氏家训·文章》）、宋陈忠肃公（瓘）谓"一为文人便无足观"者，皆所谓时世所好之文耳。夫岂可漫无区别，而举古人所藉以继往圣、开来学者，一概轻视之耶？或又曰：当今时事孔亟，所应讨论者至多，奚暇及此？曰：否，不然。子独不闻"国与天地必有与立"之说乎？夫国之所藉以立，岂有过于文学者？匪惟吾国，凡在五大洲诸国，谁弗然？盖文字之于国，上可以溯诸古昔而知建立所由来，中可以合大群而激发其爱国之念，下可以贻万世而宣其德化政治于无穷。关系之重如此，是以英吉利人因其国语言文字之力，能及全球，时以自诩；吾国人反举国文蔑视之，殊不可解。夫武卫者，保国之形式也；文教者，保国之精神也。故不知方者不可与言有勇。且语言发于天籁，文字根于语言，则亦天籁也。既为中国人，举凡各种科学，非得有中国文字阐明之，乌能遍行于二十二行省？是故欲教育普及，必以文学为先；欲教育之有精神，尤必以文学为要。此理之必不可易者也。如曰"精深高古之文，势不能尽人皆知之、皆为之"，此则别有办法，盖分为普通学、专门学是也。何谓普通学？但求其明白晓畅，足以作书疏应社会之用可矣。何谓专门学？则韩退之《答李翊书》所谓"将蕲至于古之立言者"是也。大抵中小学校与夫习他种专科，能有普通文学，已为至善。若以中国文学为专科，岂可自画？昔王介甫（安石）《答孙长倩书》云："古之道废蹐久矣。大贤间起废蹐之中，率常位卑泽狭，万不救一二，天下日更薄恶，宦学者不谋道、主利禄而已。尝记一人焉，甚贵且有名，自言少时迷，喜学古文；后乃大悟，弃不学，治今时文章。夫古文何伤？直与世少合耳，尚不肯学，而谓学者迷；若行古之道于今世，则往往困矣，其又肯行耶？"惜抱先生《复鲁絜非书》亦谓古今才士，苟有为古文者，必杰士。今当斯文绝续之交，诸君负笈而来，有志兹学，是不以为迷也，使犹不以杰士相期，则吾岂敢！

根 本

　　《左传》云："言以足志，文以足言。不言，谁知其志？言之无文，行而不远。"（襄公二十五年）此孔子尚文之说也。然《论语》又云："质胜文则野，文胜质则史。文质彬彬，然后君子。"（《雍也》）夫质者，文之本也。《礼记》云："无本不立，无文不行。"（《礼器》）是文与本固相须为用也。而本尤为要。故《孟子》云："源泉混混，不舍昼夜，盈科而后进，放乎四海。有本者如是。"（《离娄》）呜呼！是岂独为立身行己言之哉！苟欲文之工，亦非此不办耳。此韩退之所以云："本深者末茂。"（《答尉迟生书》）又云："根之茂者其实遂，膏之沃者其光晔。仁义之人，其言蔼如也。"（《答李翊书》）昔荀子（况）云："君子之学也，入乎耳，著乎心，布乎四体，形乎动静。端而言（端读为喘），蝡而动，一可以为法则。小人之学也，入乎耳，出乎口，口耳之间，则四寸耳，曷足以美七尺之躯哉！古人之学者为己，今之学者为人。君子之学也，以美其身；小人之学也，以为禽犊。"（《劝学》）扬子云《法言》云："古者之学，耕且养，三年通一；今之学也，非独为之华藻，又从而绣其鞶帨。"（《寡见》）王仲任（充）《论衡》云："有根株于下，有荣叶于上，有实核于内，有皮壳于外。文墨辞说，士之荣叶皮壳也。实诚在胸臆，文墨著竹帛，外内表里，自相副称。意奋而笔纵，故文见而实露。"（《超奇》）徐伟长（干）《中论》云："圣人因智以造艺，因艺以立事。艺者，德之枝叶；德者，人之根干也。二者不偏行，不独立。木无枝叶，则不能丰其根干，谓之瘣；人无艺，则不能成其德，故谓之野。若欲为君子，必兼之乎。"（《艺纪》）颜氏（之推）《家训》云："夫学者，犹种树也，春玩其华，秋登其实。讲论文章，春华也；修身利行，秋实也。"（《勉学》）凡此诸说，皆发明孔子文质相须之旨者也。要之此意，《易·贲卦》已详言之。案《贲》之"九三"曰："贲如濡如，永贞吉。"夫"贲者，饰也"（《序卦传》）。曰"濡如"，则饰之甚也。然而曰"永贞吉"，则惧其灭质也。故"上九"又曰："白贲无咎。"白者，无色之谓（《杂卦传》），所以勉其敦本务实也。苟敦本务实，而文乃不为空言矣。古今鸿篇巨制，永垂不朽，端在乎此。夫岂有徒骋其词藻，而可以立诚居业者乎？

是故为文章者，苟欲根本盛大，枝叶扶疏，首在于明道。夫明道之旨，见于《中庸》，孔子所云"道之不明，我知之矣"是也。其后董子（仲舒）亦有"明道不计功"之语（《汉书·董仲舒传》）。盖自成周大司徒"以乡三物教万民，而宾兴之"，一曰六德，二曰六行，三曰六艺。而乡大夫、州长、党正以下，书而考之者，皆不外于德、行、道、艺四者（并《周礼·地官》）。德者，有诸身之谓；行者，著于事之谓；道为之本；而艺其末也。孔子讲授，一遵成周之旧，故曰："志于道，据于德，依于仁，游于艺。"（《述而》）降及周末，此风已微，然诸子中最醇者孟氏，次则荀卿，韩退之《送孟东野序》所谓"以道鸣"者也。他若杨朱、墨翟、管夷吾、晏婴、老聃、庄周、申不害、韩非、慎到、田骈、邹衍、尸佼、孙武、苏秦、张仪之属，退之谓为"以其术鸣"，是诚精确。然就其术之长者，要未尝不包于道之中，犹不致华而不实也。两汉以后，醇儒虽少，然亦各有所明，至魏晋乃弥衰矣。是以退之云：就其善鸣者，"其声轻以浮，其节数以急，其词淫以哀，其志弛以肆，其为言也乱杂而无章"。隋初遂有以华艳之词入章奏者，文帝以付有司治罪。而治书侍御史李谔上书曰：魏之三祖（魏武帝为太祖，文帝为高祖，明帝为烈祖）崇尚文词，遂成风俗。"江左齐梁，其弊弥甚……竞一韵之奇，争一字之巧。连篇累牍，不出月露之形；积案盈箱，唯是风云之状。世俗以之相高，朝廷据兹擢士。以儒素为古拙，以词赋为君子。故文笔日繁，其政日乱。良由弃大圣之轨模，构无用以为用也。"

王仲淹（通）告门人亦云："学者博诵云乎哉，必也贯乎道；文者苟作云乎哉，必也济乎义。"（《中说·天地》）盖皆灼见当时之弊。幸韩昌黎出，乃作《原道》《原性》等篇，而八代之衰以起。其《答李翊书》云："能如是谁不乐告生以其道？道德之归也有日矣，况其外之文乎？"《答尉迟生书》云："愈所能言者，皆古之道。"《答李秀才书》云："愈之所志于古者，不唯其辞之好，好其道焉尔。读吾子之辞，而其得所用心，将复有深于是者，与吾子乐之,况其外之文乎?"《题欧阳生哀辞后》云:"愈之为古文,岂独取其句读不类于今者耶?思古人而不得见,学古道则欲兼通其辞。通其辞者,本志乎古之道也。古之道不苟毁誉于人。"由是其门人李南纪(汉)作《昌黎集序》,遂有"文者贯道之器"之说。此外如柳子厚(宗元)《答韦中立论师道书》云:"文者以明道,是固不苟为炳炳烺烺、务采色、夸声音而以为能也。"《报崔黯秀才书》云:"圣人之言,期以明道;学者务求诸道而遗其辞;辞之传于世者,必由于书。道假辞而明,辞假书而传。"《报袁君陈秀才避师名书》云:"秀才志于道。道苟成则勃然尔,久则蔚然尔。"宋柳仲涂(开)《应责》云:"天生德于人,圣贤异代而同出,岂以汲汲于富贵,私丰于己之身也?将以区区于仁义,公行于古之道也?己身之不足,道之足,何患乎不足?道之不足,身之足,则孰与足?"穆伯长(修)《答乔适书》云:"夫学乎古者所以为道,学乎今者所以为名。道者,仁义之谓也;名者,爵禄之谓也。然则,行道者有以兼乎名;守名者无以兼乎道。有其道而无其名,则穷不失为君子;有其名而无其道,则达不失为小人。与其为名达之小人,孰若为道穷之君子!矧穷达又各系其时遇,岂古之道有负于人耶?"欧阳永叔(修)《答吴充秀才书》云:"圣人之文虽不可及,然大抵道胜者,文不难而自至也。"又苏子瞻《祭欧阳公夫人文》述公语云:"我所为文,必与道俱;见利而迁,则非我徒。"曾子固(巩)《赠黎安二生序》云:"有以合乎世,必违乎古;有以同乎俗,必离乎道。"又《答李治书》云:"夫道之大归非他，惟欲其得诸心，充诸身，扩而被之国家天下而已，非汲汲乎辞也。"司马君实《迂书》云："君子有文以明道，小人有文以发身。"周子《通书》云："文所以载道也。轮辕饰而人弗庸，徒饰也，况虚车乎？文辞，艺也；道德，实也。笃其实而艺者书之，美则爱，爱则传焉。贤者得以学而至之，是为教。然不贤者虽父兄临之，师保勉之，不学也；强之，不从也。不知务道德而第以文辞为能者，艺焉而已。"是皆以道为文之本之说也。

其次在于经世。自《易·屯卦》言"君子以经纶"，《庄子·齐物论》因有"《春秋》经世，先王之志"之语。然"《诗》以道志，《书》以道事，《礼》以道行，《乐》以道和，《易》以道阴阳，《春秋》以道名分"（《庄子·天下》）。六经大义，何一不以经世为归？即其后九流十家，蜂出并作，各引一端，驰说于世。而据《庄子·天下》篇，论六艺云："其数散于天下而设于中国者，百家之学，时或称而道之。"则亦圣人之道之支与流裔。是以《汉书·艺文志》谓儒家出于司徒之官，道家出于史官，名家出于礼官，阴阳家出于羲和之官，法家出于理官，墨家出于清庙之守，纵横家出于行人之官，杂家出于议官，农家出于农稷之官，小说家出于稗官，而总论之曰："使其人遭明王圣主，得所折中，皆股肱之材已。"然则，学虽有纯有驳，要之大旨皆主于经世可知。两汉人才，无如贾、晁、董、刘、诸葛，其奏议固在于指陈时政，即相如之词赋，太史公以为"虽多虚辞滥说，然其要归引之节俭，此与《诗》之讽谏何异"（《史记·司马相如传》）？则《子虚》

《上林》，实与《谏猎书》相表里，即《封禅文》亦然。先姜坞府君（讳范）所以谓"设意措辞，皆翔蹑虚无，非诞妄贡谀者比也"，又何得谓无裨于世？唐宋之间，陆宣公固当首屈一指，他若韩退之、欧阳永叔、曾子固、苏子瞻、王介甫之文，李太白、杜子美（甫）、白乐天（居易）、黄山谷、陆务观（游）之诗，亦无一不以国利民福为兢兢。延及近代，如归、方、姚、曾辈，非有数篇关系天下万世文字，何以称作者？昔《论衡·自纪》篇云："为世用者，百篇何害？不为用者，一章无补。"王介甫《上人书》云："所谓文者，务为有补于世而已矣；所谓辞者，犹器之有刻镂绘画也。诚使巧且华，不必适用；诚使适用，亦不必巧且华。要之，以适用为本，以刻镂绘画为之容而已。"又《上邵学士书》云："某尝患近世之文，辞弗顾于理，理弗顾于事；以襞积故实为有学，以雕绘语句为精新。譬之撷奇花之英，积而玩之，虽光华馨采，鲜缛可爱；求其根柢济用，则蔑如也。"程子《答朱长文书》云："圣贤之言，不得已也。盖有是言则是理明，无是言则天下之理有缺焉。如彼耒耜陶冶之器，一不制，则生人之道有不足矣。圣贤之言，虽欲已，得乎？然其包涵尽天下之理，亦甚约也。后之人平生所为，动多于圣人，然有之无所补，无之无所缺，乃无用之赘言也。不止赘而已，既不得其要，则离真失正，反害于道必矣。"昆山顾亭林（炎武）《日知录》云："文之不可绝于天地间者，曰明道也，纪政事也，察民隐也，乐道人善也。若此者，有益于天下，有益于将来，多一篇多一篇之益矣。若夫怪力乱神之事，无稽之言,剿袭之说,谀佞之文,若此者,有损于己,无益于人,多一篇多一篇之损矣。"又云:"张子有言:'民吾同胞。'今日之民,吾与达而在上位者之所共也。救民以事,此达而在上者之责也;救民以言,此穷而在下者之责也。"又《与友人书》云:"昔人谓'载之空言,不如见之行事'。夫《春秋》之作,言焉而已,而谓之行事者;天下后世用以治人之书,将欲谓之空言而不可也。愚有见于此,故凡文之不关于六经之旨、当世之务者,一切不为。"如以上数条所言,庶几得文章之要领也欤!

要而言之,吾辈苟从事兹学,必先涵养胸趣。盖胸趣果异乎流俗,然后其心静;心静则识明而气自生,然后可以商量修、齐、治、平之学,以见诸文字,措诸事业。否则,虽告以文章为"经国之大业,不朽之盛事",彼乌从而知之?即知之,乌能允蹈之?然欲涵养纯粹,非用力于退之《答李翊书》"无望其速成,无诱于势利"二语不可。考黄山谷《答秦少章书》云:"二十年来,学士大夫有功于翰墨者为不少,卓尔名家者则未多。盖深思其故,病在欲速成耳。夫四时之运天德也,不能即冬而为春,断可识矣。"窃谓此可作"无望其速成"句注脚。苏东坡《与李方叔书》云:"私意冀足下积学不倦,落其叶而成其实。深愿足下为礼义君子,不愿足下丰于才而廉于德也。若进退之际,不甚静慎,则于定命不能有毫发之益,而于名节有邱山之损矣。"此可作"无诱于势利"句注脚。若夫惜抱先生《答鲁宾之书》云:"《易》曰:'吉人之辞寡。'夫内充而后发者,其言理得而情当;理得而情当,千万言不可厌，犹之其寡矣。气充而静者，其声闳而不荡；志章以检者，其色耀而不浮。邃以通者，义理也；杂以辨者，典章名物。凡天地间之所有也，闵闵乎聚之于锱铢，夷怿以善虚，志若婴儿之柔，若鸡伏卵，其专以一，内候其节而时发焉。夫天地之间莫非文也。故文之至者通乎造化之自然，然而骤以几乎合之则愈离。今足下为学，在于涵养而已。声华荣利之事，曾不得以奸乎其中，而宽以期乎岁月之久，其必有以异乎今而达乎古也。"此则更融会韩、柳之旨而总论之，开示后人，尤为周密。又歙县吴殿麟（定）《与友人论文书》云："为文章者，若不于六经诸史根本是求，而惟末之务，乃欲无一言一字见疵于人，自古及今，盖未之见也。"嘉兴钱衎石（仪吉）《与弟警石（泰吉）书》云："凡为文章者必先有'知言''养气'工夫。若制行动辄乖谬，而谈理欲其切实，出言不免杂乱，而操笔欲其简净，岂不大难！"曾文正公《日记》云："杜诗、韩文所以能百世不朽者，彼自有'知言''养气'工夫。惟其知言，故常有一二见道语，谈及时事，亦甚识当世要务；惟其养气，故无纤薄之响。"语皆亲切有味，汇录于此，以为好学深思者之一助焉。

范 围

　　文学之范围，有广义焉，有狭义焉。自义之广者言之，如《论语》言："夫子之文章，可得而闻也。"(《公冶》) 又曰："焕乎其有文章。"(《泰伯》) 先儒谓凡言语、威仪、事业之著于外者皆是，盖所包括者众矣。即专以文字之成为书者而论，如《汉书·艺文志》之"七略"，曰辑略，曰六艺，曰诸子，曰诗赋，曰兵书，曰术数，曰方伎，何一不在文学之中？但古人文教盛行，虽野人女子，犹且词条丰蔚，映照古今，而况居士大夫之列！是以七者之文，莫不炳然可观，垂声千载，虽尤著者莫如诗赋，然未尝独擅其名。他如《太史公书》第附见"六艺略·春秋"中；贾、董诸篇，第附见"诸子略·儒家"中；晁错则附见"法家"中。及西汉之末，迄于东京，乃有专集，然犹出后人追录。观汉武帝命所忠求司马长卿遗书；魏文帝亦诏天下上孔北海（融）文章，而《与吴质书》太息徐、陈、应、刘之逝，复言撰其遗文，都为一集；陈承祚（寿）当晋世又奏上《诸葛忠武侯集》：此其尤彰明较著者也。其自制名者，始于张融《玉海集》。其区分部帙，则江淹有"前集"，有"后集"；梁武帝有"诗赋集"，有"文集"，有"别集"；梁元帝有"集"，有"小集"；谢朓有"集"，有"逸集";与王筠之一官一集;沈约之"正集"百卷,文别选"集略"三十卷。此等体例,大抵始于齐梁,盖集之盛自此始。至总集莫古于《楚辞》,盖刘子政(向)尝裒集屈、宋以降诸篇,至己所作《九叹》而止;王叔师(逸)为章句,更以己之《九思》益之。及梁昭明太子(萧统)之《文选》出而渐盛。隋唐之际,其流益繁。是以开元总所藏之书,分为经、史、子、集四类,而集部遂专为历代文章之总汇。然而珠砾同传,妍媸各别,欲工兹事,非正其涂辙,何由有登堂哜胾之时!然则于猥滥之中,而择义精词卓者,以为后人程式,其义之由广而狭,宁非势使之然欤!

今综群书论之,文学家之别出于诸家者有四焉。

一异于性理家。何以言之?性理家所讲求者,微之在性命身心,显之在伦常日用,其学以德行为主,而不甚措意于词章。考其最善者,莫如周子《通书》、张子《正蒙》,曾文正公《答刘孟容书》尝以为"醇厚正大,邈焉寡俦"。《西铭》篇,惜抱先生《古文词类纂序目》亦谓"岂独其意之美耶?其文固未易几也"。他若程子《四箴》,朱子《六先生画像赞》,曾氏皆录于《经史百家杂钞》中。而朱子《语类》论文之语,先姜坞府君《援鹑堂笔记》且叹其深得古人秘钥。无如宗旨与文学家异,而流风渐被,其文既域于语录之中而不能振,诗亦但以《击壤集》为宗。夫邵子(雍)之诗,非无佳者也,然而无意为诗,即偶与风雅之旨合,不过出于性灵,故妙者极妙,而俗者极俗。奉为圭臬,流弊实多,而况语录之俚乎!故杨用修(慎)云:"文,道也;诗,言也。语录出而文与道判矣,诗话出而诗与言离矣。"惜抱先生《复曹云路书》云:"言之无文,行而不远。出词气不能鄙远,曾子戒之;况于说圣经以教学者、遗后世,而杂以鄙言乎?当唐之世,僧徒不通于文,乃书其师语,以俚俗谓之'语录'。宋世儒者弟子,盖过而效之。然以弟子记先师,惧失其真,犹有取尔也。明世自著书者,乃亦效其辞,此何取哉?"又同治中刘孟容(蓉)为文喜谈性道,曾氏遗之书云:"欲发明义理,则当法经说理窟,及语录、札记;欲学为文,则当扫去一副旧习,赤地新立,将前此所业,荡然若丧其所有,乃始别有一番文境。未宜两下兼顾。"其《致吴南屏书》且云:"仆尝谓古文之道,无施不可,但不宜说理耳。夫孔子高(穿)理胜于辞,公孙龙辞胜于理,而平原君(赵公子胜)以为辞胜于理,终必受绌。苏子美(舜钦)亦谓'李文公不逮韩,而理过于柳'。黄山谷《与王观复书》云:'好作奇语,自是文章病。'但当以理为主。理得而辞顺,自然出类拔萃。焉有文章必不可谈理者?"曾氏此论,得无虑陈义之入于腐、措辞之流于俗耶?使果如退之《原道》,永叔《本论》,子固《学记》,固彬彬然足继六经诸子;即东坡《赤壁赋》与平生书札、诗歌,亦时时有见道语。盖由胸襟高旷,而文章又足以润色之,故信手拈来,皆有仙气,其境遂为所独有。吾但见推陈出新耳,何尝堕入理障也?

　　二异于考据家。大抵考据家宗旨,主于训诂名物。其派有二:在经学者为注疏家,如辅嗣(王弼)注《易》,毛公(大毛公、小毛公)传《诗》,子国(孔安国)解《书》,康成(郑玄)说

《礼》，词皆简约。然观《汉书·艺文志》云："后世经传既已乖离，博学者又不思'多闻缺疑'之义，而务碎义逃难，便辞巧说，破坏形体，说五字之文，至于二三万言（注引桓谭《新论》云："秦近君能说《尧典》，'篇目'两字至十余万言，但说'曰若稽古'三万言"），后进弥以驰逐。"徐伟长《中论》亦云："鄙儒博学，务于物名，长于器械，考于训诂，摘其章句，而不能统其大义之所极，以获先王之心。此无异乎女史诵诗、内竖传命也。"（《治学》）汉魏儒者，解经繁碎，即此可知。至于疏家，尤为冗蔓，且入主出奴，不如是则以为落叶不归根、狐死不正邱首，亦一病矣。在史学者为典制家，如杜君卿（佑）《通典》，马贵与（端临）《文献通考》，各门总序，元元本本，殚见洽闻，诚不可谓非经世之作；然综其大体，多采掇群书，加以论断，与文学家实分道扬镳。而况郑渔仲（樵）《通志》之近于丛杂乎！而况《唐会要》《五代会要》之纷纷乎！昔福州梁茞林（章钜）《退庵随笔》云："余尝考古官制，检搜群书，不过两月之久，偶作一诗，觉神思滞塞，亦欲与故纸堆中求之，方悟著作与考订两家鸿沟界限，非亲历不知。"又云："著作始于三代，考据起于汉唐注疏，考其先后，知所优劣矣。著作如水，自为江海；考据如火，必附柴薪。作者之谓圣，词章是也；述者之谓明，考据是也。"吾邑吴挚甫先生（汝纶）与永朴书云："说道说经，不易成佳文。道贵正而文者必以奇胜，经则经疏之流畅，训诂之繁琐，皆与文体有妨。"两家并深有所见。但文学家读书议礼，亦未尝不用考据，是以惜抱先生与新城陈硕士（用光）书云："以考证累其文，则是弊耳；以助文之境，正有佳处，夫何病哉！"又硕士《太乙舟集》述先生之言云："《史记·周本纪赞》所谓'周公葬我毕，毕在镐东南杜中'，此太史公之考证也，何其高古，岂似后人之刺刺不休乎？"

三异于政治家。夫政治家宗旨，主于事功。惟唐、虞、三代之《典》《谟》《诰》《誓》《命》，春秋、战国士大夫之词令，最为古雅；秦汉以迄魏晋，犹有遗意；南北朝乃伤绮靡，然不可谓言之无文也；唐宋之际，粲然可观者，已可屈指而数；南宋陈同甫（亮）、叶水心（适）两家，则条达有馀，简练不足。自是而后，名臣之奏议，循吏之公牍，遂与文学家判若两途。所以然者，固由后世入官之人，不必皆精文事；亦以聆其言者，程度至为不齐，非明白浅显，难以共喻。是以明天启中礼科给事中王志道请：凡奏疏中艰深要眇之句，隐语猜谜之习，悉行禁止。且引先正韩文之论曰："谏草毋太文；文，上弗省也。毋太多；多，上弗竟也。"（《熹宗实录》）而近世萧山汪龙庄（辉祖）《学治臆说》云："申上之文，必须措词委曲，叙事显明，上官阅之，自然依允。"又云："告示谕绅士者少，谕百姓者多。百姓类不省文义，必意简词明，方可入目。或用四言五六言韵语，缮写既便，观览亦易，庶几令行禁止。"然则其意固在适用也。但文学家未尝无此等文字，而一出名手，于轩豁呈露之中，自有雅人深致。观惜抱先生《与陈硕士书》云："西汉人文传者，大抵官文书耳，而何其雄骏高古之甚！昌黎官中文字，止用当时文体，而即得汉人雄古之意。欧、曾、荆公官文字，雄古者鲜矣；然词雅而气畅，语简而事尽，固不失为文家好处矣。熙甫于此体，乃时有伤雅不能简当之病。"古今文家官文字，此条可括其略。惟苏东坡于此种尤雅畅，不独奏疏而已也。

四异于小说家。据《汉书·艺文志》，小说家盖摈于九流之外，以为"街谈巷语，道听涂说者之所造"。然就其善者言之：或述见闻，智者得之，可以集思广益；或谈祸福，愚者得之，可以振聩发聋。故子夏虽曰"小道"，"致远恐泥"，而未尝不以为"必有可观"（《论语·子张》）。然及其蔽也：情钟儿女，入于邪淫；事托鬼狐，邻于诞妄。又其甚者，以恩怨爱憎之故，而以忠为奸，以佞为圣，谀之则颂功德，诋之则发阴私，伤风败俗，为害甚大。且其辞纵新颖可喜，而终不免纤佻。是以曾文正公宗仰昌黎，而独于《试大理评事王君墓志铭》评之云："此等已失古意。能者游戏，无所不可；末流效之，乃堕恶趣。"案此文末幅，叙王君取他人告身以诳侯处士而得妻。其事本无关劝惩，幸昌黎文气高古，犹足自立，使后人为之，与小说家纪述，何以异哉！吾弟叔节（永概）亦评《蓝田县丞厅壁题名记》云："此文用意诡谲，下字生创，造句矜峭。有韩公雄古之笔运之，故无匠气，无俗韵；不然，未有不落小说家派者也。其后孙可之辈为之，便觉不大方矣。"夫《史记·萧相国世家》载高祖繇咸阳，"吏皆送奉钱三，何独以五"。及后益封二千户，复云："以帝尝繇咸阳时，何送我独赢奉钱二也。"《外戚世家》载管夫人、赵子儿笑薄姬及窦广国上书自陈小时常与姊采桑堕等事。《汉书·东方朔传》载朔恐侏儒射覆、拔剑割肉等事。《朱买臣传》载买臣妻求去,及拜会稽太守,衣故衣、怀印绶,步归郡邸等事。班、马为史家宗祖,亦何尝不叙琐事以助文澜?而与小说家不同者,则以其意存言外,非第尽于言中也。盖《萧相国世家》所以著其为高帝故人,而犹岌岌不免,此帝之所以为雄猜也;《外戚世家》则著汉家妃后所出皆微,大抵由于色升爱选,不可与周之任姒比;《东方传》著贤者之不得志,有《邶风·简兮》篇之意;《买臣传》又著世态之炎凉。笔虽灵妙,而义归正大,故不嫌于纤巧。后来归太仆用以叙家庭间事,亦得斯秘。此其异同之际,差之毫厘,谬以千里,欲精文事,乌得不明辨之?

　　吾尝论古今著作,不外经、史、子、集四类。约而言之,其体裁惟子与史二者而已。盖诸子中,《管》《晏》《老》《墨》《列》《庄》《扬》《韩非》《吕览》《淮南》,皆说理者也;屈、宋则述情者也;《左》《国》、马、班以下诸史,则叙事者也。经于理、情、事三者,无不备焉,盖子、史之源也。如子之说理者本于《易》,述情者本于《诗》;史之叙事者,本于《尚书》《春秋》、三《礼》。此其大凡也。集于理、情、事三者,亦无不备焉,则子、史之委也。自鄙夫小生,以肤辞浅说,附诸大雅之林,于是四部之书,惟此一类为杂。苟欲羁刘厄言,别裁伪体,使不明其范围所在,何由振雅而祛邪哉?大抵集中,如论辩、序跋、诏令、奏议、书说、赠序、箴铭,皆毗于说理者;词赋、诗歌、哀祭，则毗于述情者；传状、碑志、典志、叙记、杂记、赞颂，皆毗于叙事者。必也质而不俚，详而不芜，深而不晦，琐而不亵，庶几尽子史之长，而为六经羽翼。骤观之，其义若狭；实按之，乃所以为广耳。

纲　领

文学之纲领，以义法为首。此二字出于《史记·十二诸侯年表序》，所谓"孔子明王道，干七十馀君，莫能用，故西观周室，论史记旧闻，兴于鲁，而次《春秋》，上记隐，下至哀之获麟，约其文辞，治其烦重，以制义法，王道备，人事浃"是也。夫"王道备、人事浃"，有义以主之也；若"约其文辞、治其烦重"，则有法以裁之也。故孔子曰："其义则丘窃取之矣。"（《孟子·离娄》）而范武子（宁）论《春秋》云："一字之褒，荣于华衮之赠；片言之贬，辱过市朝之挞。"（《谷梁传序》）韩退之亦云："《春秋》严谨。"（《进学解》）夫褒贬严谨，非所谓法欤？《孔子世家》所以云"笔则笔，削则削"，而游夏"不能赞一辞"也。其后方望溪用力于《春秋》者深，故独喻此旨。其论文遂揭此二字以示人。且评司马氏此篇云："《春秋》之制义法，自太史公发之，而后之深于文者亦具焉。必义以为经，而法纬之，然后为成体之文。"其论精且切矣。吾友行唐尚节之（秉和）《古文讲授谈》云："近世古文，自方望溪始讲义法，而此二字出于太史公《十二诸侯年表序》。此篇说《春秋》，实即说《史记》也。《春秋》之刺、讥、褒、讳、挹、损，不可以书见，故制义法，约其文辞，治其繁重，口授其传指于七十子之徒。而《史记》之忌讳尤甚。忌讳甚而又不能不有所刺讥，刺讥不可以书见也，故义愈微而词常隐。自后人不明此旨，而淮阴、淮南诸人遂真同叛逆矣。他若语褒而意讥、责备而心痛其人者，更微妙而难识。太史公盖预伤之，故说《春秋》以寓《史记》义法也。"观此又可见古人文章，其为义有隐显之不同；而其法亦极变化难测，特终归于有条不紊耳。要之，此意诸经已言之，如《易·家人卦》大象曰"言有物"，《艮》六五又曰"言有序"。"物"即义也，"序"即法也。《书·毕命》曰："辞尚体要。""要"即义也，"体"即法也。《诗·正月》篇曰："有伦有脊。""脊"即义也，"伦"即法也。《礼记·表记》曰："情欲信，辞欲巧。""信"即义也，"巧"即法也。左氏襄二十五年《传》曰："言以足志，文以足言。""志"即义也，"文"即法也。夫"离娄之明，公输子之巧，不以规矩，不能成方圆；师旷之聪，不以六律，不能正五音"。使为文而不讲义法，则虽千言立就，而散漫无纪，曷足贵哉！

顾世之为文章者，固不能必其义之精当，然而未敢倡言排之；独于所谓法者，或逞其才气，或诩为性灵，辄思叛而去之以为快。

就其中持之有故、言之成理者，莫如宁都魏氏（禧），其《答计甫草书》云："今之文士，奉古人之法度，犹贤有司奉朝廷律令，循循缩缩，守之而不敢违。今夫石所以量物，衡所以称物；天下有日蚀星变，山崩水涌，衡之所不能称，石之所不能量者矣。是故春生、夏长、秋杀、冬藏者，天地之法度也；哀、乐、喜、怒中其节，圣人之法度也。然且春夏之间，草木有忽枯槁，秋冬有忽萌芽。子之武城，闻弦歌之声，笑曰：'割鸡焉用牛刀！'遇旧馆人之丧而出涕。是有过乎喜与哀者矣。盖天地之生杀，圣人之哀乐，当其元气所鼓动，性情所发，亦间有其不能自主之时；然世不以病天地、圣人，而益以见其大。文章亦然。古人法度，犹工师规矩不可叛也；而兴会所至，感慨、悲愤、愉乐之激发，得意疾书，浩然自快其志，此一时也，虽劝以爵禄不肯移，惧以斧钺不肯止，又安有左氏、司马迁、班固、韩、柳、欧阳、苏在其意中哉！至传志之文，则非法度必不工，此犹兵家之律，御众分数之法，不可分寸恣意而出之；生动变化，则存乎其人之神明，盖亦法中之肆焉者出也。"此论不可谓无见，然所谓得意疾书者，正神来气来之候，此种酣嬉淋漓境况，古人恒有之，虽未尝兢兢然求合于法，而卒未有与法背驰者。且彼谓传志之非有法不能工，固矣。曾亦思议论之文，亦非有命意，有布局，不可以成篇。况后生入门，多不能为传志，所能为者论说而已。若遽导之以自快其意，岂必喻立论之精微，势将简者失之晦，而不能条畅以伸所见；繁者失之冗，而不能的当以明所宗。其为弊有不可胜言者。

夫文之有法，犹室之有户也。谁能出不由户，而文顾可无法哉？昔者扬子云有言："女恶丹青之乱窈窕也，书恶淫辞之溷法度也。"（《法言·吾子》）韩退之作《柳子厚墓志铭》云："衡湘以南为进士者，皆以子厚为师，其经承子厚口讲指画为文辞者，皆有法度可观。"《唐书·文艺传》云："韩愈、柳宗元、李翱、皇甫湜等，法度森严。"《宋史·欧阳修传》云："修之为文，丰约中度。"唐荆川《董中峰侍郎文集序》云："汉以前之文未尝无法，而未尝有法，法寓于无法之中，故其为法也，密而不可窥。唐与近代之文，不能无法，而能毫厘不失乎法，以有法为法，故其为法也，严而不可犯。密则疑于无所谓法，严则疑于有法而可窥。然而文之必有法，出乎自然而不可易者，则不异也。且夫不能有法，而何以议于无法？有人焉，见夫汉以前之文，疑于无法，而以为果无法也，于是率然而出之，决裂以为体，饾饤以为词，尽去自古以来开阖、首尾、经纬、错综之法，而别为一种痈肿、侏涩、浮荡之文，以为秦与汉之文如是，然乎否耶？"长洲汪尧峰（琬）《答陈霭公书》云："大家之有法，犹弈师之有谱，曲工之有节，匠氏之有绳度，不可不讲求而自得者也。后之作者，唯其知字而不知句，知句而不知篇，于是有开而无阖，有呼而无应，有前后而无操纵顿挫，不散则乱，譬如驱乌合之市人，而思制胜于天下，其不立败者几希。古人之于文也，扬之欲其高，敛之欲其深，推而远之欲其雄且骏。其高也如垂天之云，其深也如行地之泉，其雄且骏也，如波涛之汹涌，如万骑千乘之奔驰；而及其变化离合，一归于自然也，又如神龙之蜿蜒而不露其首尾,盖凡开阖、呼应、操纵、顿挫之法,无不备焉。则今之所传唐宋诸大家。举如此也。前明二百七十馀年,其文尝屡变矣,而中间最卓卓知名者,亦无不学于古人而得之。"惜抱先生《与张阮林书》云:"文章之事,能运其法者才也,而极其才者法也。古人文有一定之法,有无定之法。有定者,所以为严整也;无定者,所以为纵横变化也。二者相济而不相妨。故善用法者,非以窘吾才,乃所以达吾才也。夫思之深、功之至者,必其能见古人纵横变化所以为严整之理。思深功至而见之矣;而操笔而使吾手与吾所见之相副,尚非一日事也。"凡此诸说,皆发明法不可废之理。大抵古人之文,愈奇变不可测,愈有法以经纬其间。试观《庄子》内七篇,其词至俶诡,太史公所谓"洸洋自恣以适己"者也(《老庄申韩列传》)。而黄山谷乃称其"法度甚严",意正如此。

虽然,不善用法,或反为所拘。拘则迫,迫则苶,苶则气馁,气馁则笔呆蹇而不活,其病亦巨。是以归震川评《史记》云:"他人文字亦好,但如一个人面目具完,只无生气。"刘海峰《论文偶记》云:"古人文章可告人者惟法耳。然不得其神,徒守其法,则死法而已。"惜抱先生《答翁学士书》云:"鼐闻今天下之善射者,其法曰:'平肩臂,正胠,腰以上直,腰以下反句磐折,支左诎右。其释矢也,身如槁木。苟非是不可以射。'师弟子相授受,皆若此而已。及至索伦蒙古人之射,远贯深而命中,世之射者常不逮也。然则,射非有定法亦明矣。夫道有是非,而技有美恶。诗文皆技也。技之精者必近道。故诗文美者，命意必善。文字者，犹人之言语也。有气以充之，则观其文也，虽百世而后，如立其人而与言于此；无气则积字焉而已。意与气相御而为辞，然后有声音、节奏、高下、抗坠之度，反复、进退之态，采色之华。故声色之美，因乎意与气而时变者也，是安得有定法哉！"凡此诸说，则又所以防不善用法时以窘其才者之弊，正可与魏说参观。昔太史公言："非好学深思，心知其意，固难为浅见寡闻道也。"（《史记·五帝本纪赞》）苟心知其意，则魏说未始不足取。非然者即导以方氏之说，而彼亦汲汲焉以法度为急，终不过形存而君形者亡，与木偶无异。是故善学者闻古人之说，必相悦以解；若不善学，虽师友穷日夜之力，旁征曲喻，而只如扶醉人，持左则倾右，持右则倾左，如此而欲相与赏奇析疑，其可得乎？

且夫义法虽文学家所最重，而实不足以尽文章之妙。是以惜抱先生《与陈硕士书》云："得书谓震川论文深处，望溪尚未见，此论甚是。望溪所得，在国朝诸贤为最深，较之古人则浅。其阅太史公书，似精神不能包括其大处、远处、疏澹处及华丽非常处。止以义法论文，则得其一端而已。"而作《古文辞类纂序》，遂云："凡文之体十三，而所以为文者八，曰神、理、气、味、格、律、声、色。神、理、气、味者，文之精也；格、律、声、色者，文之粗也。然苟舍其粗，则精者亦胡以寓焉。学者之于古人，必始而遇其粗，中而遇其精，终则御其精者而遗其粗者。"又《与陈硕士书》云："夫文章之事，所以为美之道非一端，命意、立格、行气、遣辞,理充于中,声振于外,数者一有不足,则文病矣。作者每意专于所求。而遗于所忽,故虽有志于学,而卒无以大过乎凡众。故必用功勤而用心精密,兼收古人之具美,融合于胸中,无所凝滞,则下笔时自无得此遗彼之病也。"方植之(东树)《昭昧詹言》云:"诗文以气脉为上。气所以行也,脉绾章法而隐焉者也。章法,形骸也,脉,所以细束形骸者也。章法在外可见,脉不可见。气脉之精妙,是为神至矣。"曾文正公《答许仙屏书》云:"来示询及古文之法,仆本无所解,近更荒浅,不复措意。古文者,韩退之氏厌弃魏晋六朝骈骊之文,而反之于六经两汉,从而名焉者也。名号虽殊,而其积字而为句,积句而为段,而为篇,则天下之凡名为文者一也。国藩以为欲著字之古,宜研究《尔雅》《说文》小学训诂之书,故尝好观近人王氏、段氏之说;欲造句之古,宜仿效《汉书》《文选》,而后可砭俗而裁伪;欲分段之古,宜熟读班、马、韩、欧之作,审其行气之短长、自然之节奏;欲谋篇之古,则群经诸子以至近世名家,莫不各有匠心,以成章法,如人之有股体,室之有结构,衣之有要领。大抵以力去陈言、戛戛独造为始事,以声调铿锵、包蕴不尽为终事。仆学无师承,冥行臆断,所辛苦而仅得之者,如是而已。"武昌张廉卿(裕钊)《答吴挚甫书》云:"古之论文者,曰:文以意为主,而辞欲能副其意,气欲能举其辞,譬之车然,意为之御,辞为之载,而气则所以行也。欲学古人之文,其始在因声以求气,得其气,则意与辞往往因之而并显,而法不外是矣。是故契其一而其馀可以绪引也。盖曰意、曰辞、曰气、曰法,之数者,非判然自为一事;常乘乎其机,而绳同以凝于一,惟其妙之一出于自然而已。自然者,无意于是,而莫不备至,动皆中乎其节,而莫或知其然,日星之布列,山川之流峙,是也。宁惟日星山川?凡天地之间之物之生而成文者,皆未尝有见其营度而位置之者也,而莫不蔚然以炳,而秩然以从。夫文之至者,亦若是焉而已。观者因其既成而求之,而后有某者某者之可言耳。夫作者之亡也久矣,而吾欲求至乎其域,则务通乎其微。以其无意为之,而莫不至也,故必讽诵之深且久,使吾必与古人诉合于无间,然后能深契自然之妙,而究极其能事。若夫专以沉思力索为事者,固时亦可以得意;然与夫心凝形释、冥合于言议之表者,则或有间矣。"故姚氏暨诸家"因声求气"之说,为不可易也。学者合观之,庶几于文学纲领,十得八九矣。

门　类

欲学文章,必先辨门类。门者,其纲也;类者,其目也。总集古以《文选》为美备。故王厚斋(应麟)《困学纪闻》云:"李善精于《文选》,为注解因以讲授,谓之'文选学'。少陵有诗'续儿学《文选》',又训其子云:'熟精《文选》理。'盖'选学'自成家。"陆放翁《老学庵笔记》亦云:"宋初此书盛行,士为之语曰：'《文选》烂，秀才半。'然其中录文既繁，分类复琐。"苏子瞻题之云："恨其编次无法，去取失当。"亦不可谓尽诬。盖文有名异而实同者，此种只当括而归之一类中，如骚、七、难、对、问、设论、辞之类，皆辞赋也；表、上书、弹事，皆奏议也；笺、启、奏记、书，皆书牍也；诏、册、令、教、檄、移，皆诏令也；序及诸史论赞，皆序跋也；颂、赞、符命，同出褒扬；诔，哀、祭、吊，并归伤悼。此等昭明皆一一分之，徒乱学者之耳目。自是以后，或有以时代分者，或有以家数分者，或有以作用分者，或有以文法分者，众说纷纭，莫衷一是。自惜抱先生《古文辞类纂》出，辨别体裁，视前人乃更精审。其分类凡十有三：曰论辩，曰序跋，曰奏议，曰书说，曰赠序，曰诏令，曰传状，曰碑志，曰杂记，曰箴铭，曰赞颂，曰词赋，曰哀祭。举凡名异实同与名同实异者，罔不考而论之。分合出入之际，独厘然当于人心。乾隆、嘉庆以来，号称善本，良有以也。上元梅伯言（曾亮）约之，有《古文辞略》之选，而增诗歌类。曾文正公又选《经史百家杂钞》，其门有三，著述门凡三类：曰著述，曰词赋，曰序跋；告语门凡四类：曰诏令，曰奏议，曰书牍，曰哀祭；记载门凡四类：曰传志，曰叙记，曰典志，曰杂记。其异于姚氏三端：如分类外更揭出三门，此所以示学者最为明白；至于杂记类外更益以典志、叙记两类，此则姚氏非不知之，第以其例既不选经史，则其他著作能合于此两类者寥寥，故括之于杂记类，而不别出两类之目耳；若夫并赠序于序跋，附箴、铭、赞、颂于词赋，此则姚氏之意，特以赠序与序跋、箴、铭、赞、颂与词赋，其用本不同而然，但文正或并或附，亦犹姚氏之以对策合于奏议，檄、移之合于诏令，夫亦何为不可！惟梅氏以诗歌入古文辞中，意在得文学之大全，然止录古体而无今体，与其合之而不备，诚不若别选之为愈矣。今就姚氏所分十三类，详论于后。

论辩类者，刘彦和（勰）《文心雕龙·论说》篇云："圣哲彝训曰经，述经叙理曰论。论者，伦也。伦理无爽，则圣意不坠。昔仲尼微言，门人追记，故仰其经目，称为《论语》。盖群论立名，始于兹矣。"又云："论也者，弥纶群言，而研精一理者也。是以庄周《齐物》，以论为名；不韦《春秋》，六论昭列。"姚氏亦云："盖原于古之诸子，各以所学著书诏后世。孔、孟之道与文至矣。自老、庄以降，道有是非，文有工拙。"综兹两说，可以知所由来。其曰辨者，字本作辩，《说文》："辨，治也，从言在辛辛之间。"故他传注或曰"明也"，或曰"分也"，或曰"别也"。曾氏云："诸子曰篇、曰训、曰览，古文家曰论、曰辨、曰议、曰说、曰解、曰原，皆是。"惟《伯夷颂》姚氏亦入此类，盖以其名异实同，且未用韵，与诸家之颂不同也。

序跋类者，《经典释文》云："序，次也。又与叙通。叙，亦次也。盖次作者之指而道之也。"姚氏云："昔前圣作《易》，孔子为作《系辞》《说卦》《文言》《序卦》《杂卦》之《传》，以推论本原，广大其义。《诗》《书》皆有序，而《仪礼》篇后有记，皆儒者所为。其馀诸子，或自序其意，或弟子作之，《庄子·

天下》篇、《荀子》末篇是也。"据此则古人之序，多缀于末。《诗》《书》序旧别为一卷，附本书以行；其冠之每篇首，特后所移耳。太史公自序、《汉书叙传》亦缀于末，惟诸表序冠于首。班氏作《两都赋》，前为之序，左太冲《三都赋》因之，而郑氏《诗谱》亦以序居前，此其滥觞欤！至乞人作序，起于太冲为赋成，自以名不甚著，求序于皇甫谧，由是后人文集莫不皆然；甚有两序或三四序者，顾亭林《日知录》深讥其非体。自有前序，乃谓缀末者为后序，亦谓之跋尾，或谓之书后。跋，《说文》："蹎，跋也。从足，犮声。"《尔雅·释言》："躐也。"《汉书》注："蹑也。"盖本从足取义，引申之，处后皆曰跋。此类之原，曾氏广以《礼记》之《冠义》《昏义》，而谓"后世曰序、曰跋、曰引、曰题、曰读、曰传、曰注、曰笺、曰疏、曰说、曰解，皆是"。

奏议类者，其异名尤多。姚氏云："唐、虞、三代圣贤陈说其君之辞，《尚书》具之矣。周衰，列国臣子为国谋者，谊忠而辞美，皆本《谟》《诰》之遗。汉以来有表、奏、疏、议、上书、封事之异名，其实一类，惟对策体少别。"曾氏亦云："凡后世曰书、曰疏、曰议、曰奏、曰表、曰劄子、曰封事、曰弹章、曰笺、曰对策，皆是。"而《文心雕龙》言之尤详。《章表》篇云：七国言事，"皆称上书。秦初定制，改书曰奏。汉定四品：一曰章，二曰奏，三曰表，四曰议；章以谢恩，奏以按劾，表以陈请，议以执异。章者，明也。表者，标也"。《奏启》篇云："奏者，进也。言敷于下，情进于上也。自汉以来，奏事者或称上疏。""启者，开也。孝景讳启,故两汉无称。至魏国笺记,始云'启闻',奏事之末,或云'谨启'。自晋盛启,用兼表奏,陈政言事,既奏之异条,让爵谢恩,亦表之别干。自汉置八仪,密奏阴阳,皂囊封板,故曰封事。晁错受书,还上便宜","多附封事,慎机密也。"《议对》篇云:"议之言宜,审事宜也。昔管仲称轩辕有明台之议,其来远矣。"汉立驳议。"驳者,杂也。杂议不纯,故云驳也。""又对策者,应诏而陈政也;射策者,探事而献说也。言中理准,譬射侯中的。二名虽殊,即议之别体也。"案唐以后有状,宋以后有劄子,近世有题本,有奏本,有附片。其名之异,亦以义各有主焉耳。

书说类者,姚氏云:"昔周公之告召公,有《君奭》之篇。春秋之世,列国士大夫或面相告语,或为书相遗,其义一也。"曾氏谓"凡后世曰书、曰启、曰移、曰牍、曰简、曰刀笔、曰帖,皆是"。《文心雕龙·书记》篇云:"书者,舒也。舒布其言,陈之简牍。""战国以前,君臣同书,秦汉立仪,始有表奏;王公国内,亦称奏书。……迄至后汉,稍有名品,公府奏记,而郡将奏笺。记之言志,进己志也;笺者,表也,表识其情也。"曾氏名此类曰书牍,而姚氏则曰:"书,说也。"盖因其中多载战国游士说异国之君之辞而然。至说之为言,《文心雕龙·论说》篇云:"说者,悦也。兑为口舌,故言资悦怿;过悦心伪,故舜惊谗说。"得其旨矣。

赠序类者,姚氏云:"《老子》曰:'君子赠人以言。'颜渊、子路之相违，则以言相赠处；梁王觞诸侯于范台，鲁君择言而进，所以致忠爱、陈忠告之谊也。唐初赠人始以序名，作者亦众。至于昌黎乃得古人之意，其文冠绝前后作者。苏明允之考名序，故苏氏讳序，或曰引，或曰说。"而迁安郑东甫（杲）语永朴云："《诗·崧高》：'吉甫作颂，其诗孔硕，其风肆好，以赠申伯。'即赠序之权舆。"富阳夏伯定（震武）亦云："《燕燕序》'庄姜送归妾'，《渭阳》'我送舅氏'，皆有赠序之义。"据此可知其来远矣。至欧阳《郑荀改名序》，明允《仲兄文甫字说》《名二子说》，归震川《张雄字说》《二子字说》，此则因《仪礼·士冠礼》有字辞，且既冠而字之，以见于乡大夫、乡先生，又各有训戒，观《国语·晋语》载栾武子、范文子、韩献子之告赵文子即其证，亦不可谓无本。惟明时寿序盛行，其弊或入于谄谀，有道君子多耻为之。方望溪及曾氏咸有斯论，而两家集中终不能免。然则，择人而作，且所称无溢于实，庶乎可也。

诏令类者，姚氏云："原于《尚书》之《誓》《诰》。而檄、令皆谕下之辞，亦当附入。"曾氏谓"凡后世曰诰、曰诏、曰谕、曰令、曰教、曰敕、曰玺书、曰檄、曰策命，皆是"。而《文心雕龙》言之尤详。《诏策》篇云："昔轩辕、唐、虞，同称曰命。其在三代，事兼诰、誓，誓以训戒，诰以敷政，命喻自天，故授官锡胤。降及七国，并称曰命。命者，使也。秦并天下，改命曰制。"汉初"命有四品：一曰策书，二曰制书，三曰诏书，四曰戒敕。敕戒州郡，诏诰百官，制施赦命，策封王侯。策者，简也；制者，裁也；诏者，告也；敕者，正也"。又云："戒者，慎也。君父至尊，在三罔极。汉高祖之敕太子，东方朔之戒子，亦顾命之作也。教者，效也，言出而民效也。故王侯称教。"《檄移》篇云：檄之称自七国始。"檄者，皦也。皦然明白也。或称露布，播诸视听也。""移者，易也。移风易俗，命往而民随者也。"盖刘氏判诏、策、檄、移为二，而以教、戒附于诏策；姚氏则合檄、令于诏中；至曾氏悉贯为一条，尤完密矣。

传状类者，刘子元（知几）《史通·六家》篇云："传者，传也，所以传示来世。"《补注》篇云："传者，转也，转授于无穷。"此传之意也。《文心雕龙·书记》篇云："状者，貌也。体貌本原，取其事实。"此状之义也。曾氏云："经则《尧典》《舜典》，史则本纪、世家、列传，皆纪载之公者也。后世记人之私者，曰家传，曰行状，曰事略，曰年谱，皆是。"但彼合传、志为一，故更数及墓表、墓志铭、神道碑。姚氏分而出之，引刘海峰之言曰："古之为达官、名人传者，史官职之；文士作传，凡为圬者、种树之流而已。其人既稍显，即不当为之传；为之行状，上史氏而已。"案《日知录》云："列传始于太史公，盖史体也。不当作史之职，无为人立传者。梁任昉《文章缘起》言传始于东方朔作《非有先生传》，是以寓言而谓之传。《韩文公集》传三篇，《柳子厚集》传六篇，皆微者与游戏之作，比于稗官；若段太尉则曰逸事状，而不曰传。"方望溪《答乔介夫书》亦云："家传非古也，必陬穷隐约，国史所不列，文章之士，乃私录而传之。独宋范文正公、范蜀公（镇）有家传，而为之者，张唐英、司马温公耳。此两人故非文家，于文律或未审；若八家则无为达官私立传者。"此两说实海峰所本。至传末评语，其名诸家不同。据《史通•论赞》篇云："《左传》发论，假君子以称之，二《传》云公羊子、谷梁子，《史记》云太史公，班固曰赞，荀悦曰论，《东观》曰序，谢承曰诠，陈寿曰评，王隐曰议，何法盛曰述，扬雄曰譔，刘昺曰奏，袁宏、裴子野自显姓名，皇甫谧、葛洪列其所号，而史官通称史臣。其名万殊，其归一揆，必取道于时者，则总归论赞焉。"此虽论史，其可以资文家之取裁乎。

碑志类者，《文心雕龙•诔碑》篇云："碑者，埤也。上古帝皇纪号封禅，树石埤岳，故曰碑也。又宗庙有碑，树之两楹，事止丽牲，未勒勋绩。而庸器渐缺，故后代用碑，以石代金，同乎不朽。自庙徂坟，犹封墓也。"姚氏云："其体本于《诗》，歌颂功德，其用施于金石。周之时有石鼓刻文；秦刻石于巡狩所经过；汉人作碑文，又加以序。序之体盖秦刻琅琊具之矣。茅顺甫（坤字）讥韩文公碑序异史迁，此非知言。金石之文，自与史家异体，如文公作文，岂必以效司马氏为工耶？志者，识也，或立石墓上，或埋之圹中，古人皆曰志。为之铭者，所以识之之辞也。然恐人观之不详，故又为序。世或以石立墓上曰碑、曰表，埋乃曰志，及分志、铭二之，独呼前序曰志者，皆失其义，盖自欧阳公不能辨矣。"又《与陈硕士书》云："墓表自与神道碑同类，与埋铭异类。神道碑有铭，似墓表用铭亦可通，然非体之正也。吾谓文章体制，当准理决之；不得以前贤有此，便执为是，如赠序中用'不具某顿首'，与书同，此颜鲁公（真卿）《送蔡明远序》体也，直当断以为不是耳，安可法之耶？"又评韩公《殿中少监马君墓志铭》云："古者书旌柩前，即谓之铭，故不必有韵之文始可称铭。"案：《礼记·檀弓》云："铭，明旌也。以死者为不可别已，故以其旗识之，爱之斯录之矣，敬之斯尽道焉耳。"《祭统》云："夫鼎有铭。铭者，自名也。自名以称扬其先祖之美，而明著之后世者也。"又云："铭者，论撰其先祖之有德善，功烈勋劳庆赏声名列于天下，而酌之祭器，自成其名焉，以祀其先祖者也。"左氏襄二十九年《传》云："夫铭，天子令德，诸侯言时计功，大夫称伐。"据此则铭之义至广，凡树之山岳，勒之宗庙，无论为金为石，有韵无韵，皆可称之，不独揭之墓道与埋诸幽室也。姚说固非无稽。余姚黄太冲（宗羲）《金石要例》云："墓志而无铭者，盖叙事即铭也。所谓志铭者，道一篇而言之，非以叙事属志，韵语属铭。犹作赋者末有'重曰''乱曰'，总之是赋，不可谓重是重、乱是乱也。"又云："柳州《葬令》曰：'凡五品以上为碑，龟趺螭首；降五品为碣，方趺圆首。'此碑碣之分。凡言碑者，即神道碑也。后世则碣亦谓之碑矣。"又云："今制：三品以上神道碑，四品以下墓表。铭藏于幽室，碑、表施于墓上。虽名不同，其实一也。故墓表之书子姓与有铭，不可谓非。"先姜坞府君《援鹑堂笔记》云："志止是立石为辞以志之，铭即志耳。故或称志铭，或称铭志。刘显卒，友人刘之遴启皇太子为之铭志，今《梁书》载其词。

观前人石刻，有'有序'二字，以目其散文，《文选》谢朓《和伏武昌诗》，善注引徐勉《伏曼容墓志序》云云是也。若后无韵语，则即散文亦可谓之志，唐宋诸公集皆有之。欧公论《尹师鲁墓志铭》云：'志言云云，铭言云云，是以志铭分为二，以序独为志，盖是误也。'"两家之论，皆惜翁所本。

杂记类者，姚氏云："亦碑文之属。碑主于称颂功德，记则所纪大小事殊，取义各异，故有作记序与铭诗全用碑文体者，又有为纪事而不以刻石者。"曾氏云："如《礼记·投壶》《深衣》《内则》《少仪》，《周礼》之《考工记》皆是。"后世修造宫室有记，游览山水有记，以及记器物、记琐事皆是。

箴铭类者，姚氏云："三代以来有其体矣。圣贤所以自戒警之义，其辞尤质而意尤深。"案：箴如轩辕《舆》《几》之箴（《皇王大纪》），辛甲之"命百官官箴王阙"（左氏襄四年传）。铭如汤之《盘铭》（《礼记·大学》），武王《户》《席》诸铭（《大戴礼·武王践阼》），皆其原也。

颂赞类者，姚氏云："亦《诗·颂》之流，而不必施之金石者也。"《文心雕龙·颂赞》篇云："颂者，容也，所以美盛德而述形容也。""赞者，明也，助也。昔虞舜之祀，乐正重赞（《尚书·六传》），盖唱发之辞。及益赞于禹（《书·大禹谟》）、伊陟赞于巫咸（《史记·封禅书》），并飏言以明事，嗟叹以助辞也。"

词赋类者，《汉书·艺文志》云："《传》曰：'不歌而诵谓之赋。登高能赋，可以为大夫。'言感物造端，材智深美，可与图事，故可以为列大夫也。古者诸侯卿大夫交接邻国，以微言相感，当揖让之时，必称诗以谕其志，盖以别贤不肖而观盛衰焉。故孔子曰'不学《诗》，无以言'也。春秋之后，周道浸坏，聘问歌咏，不行于列国，学诗之士，逸在布衣，而贤人失志之赋作矣。"《两都赋序》云："赋者，古诗之流也。"《文心雕龙·诠赋》篇云："诗有六义，其二曰赋，赋者，铺也。铺采摛文，体物写志也。"赋与诗体虽异，"总其归涂，实相枝干。赋也者，受命于诗人，拓宇于楚辞也"。姚氏云："赋者，风雅之变体也，楚人最工为之，盖非独屈子而已。余尝谓《渔夫》及楚人以弋说襄王、宋玉对王问遗行，皆设辞无事实，皆词赋类耳。太史公、刘子政不辨，而以事载之，盖非是。词赋固当有韵，然古人亦有无韵者，以义在托讽，亦谓之赋耳。"综诸说观之，然则赋之发源在于诗，无可疑者。至其异名，曾氏云："后世曰赋、曰辞、曰骚、曰七、曰设论、曰符命、曰歌，皆是。"盖得其实。

哀祭类者，姚氏云："《诗》有《颂》，《风》有《黄鸟》《二子乘舟》，皆其原也。"曾氏更广以《书》之《武成》《金滕》祝辞，《左传》荀偃、赵简子祝辞，而谓"后世曰祭文、曰吊文、曰哀辞、曰诔、曰告祭、曰祝文、曰愿文、曰招魂，皆是"。《文心雕龙·诔碑》篇云：周时"大夫之材，临丧能诔。诔者，累也，累其德行，旌之不朽也"。《哀吊》篇云："哀者，依也。悲实依心"，"以辞遣哀，盖不泪之悼。""吊者，至也。君子命终定谥，事及理哀。故宾之慰主，以至到为言也。"观其所论，可知三者当归一类。刘氏以诔合碑，又别出哀吊，岂非矛盾耶？

若夫典志之名，《尔雅·释诂》《书·传》并云："典，常也。"《仪礼·士昏礼》注："典，常也，法也。"《说文》："典，五帝之书也。从册在丌上，尊阁之也。"庄都说："典，大册也。"志与识通，记也。诗歌之名，《诗谱序》孔《疏》云："诗有三训：承也，志也，持也，作者承君政之善恶，述己志而作诗，所以持人之行，使不失坠也。"《礼记·乐记》："歌，咏其声也。"《诗·传》："曲合乐曰歌。"合而观之，亦可以知两类发生之所由。

至记叙类，其义易明，兹不赘释。

功　效

昔陆士衡（机）《文赋》云："伊兹文之为用，固众理之所因。恢万里而无阂，通亿载而为津。俯贻则于来叶，仰观象乎古人。济文武于将坠，宣风声于不泯。涂无远而不弥，理无微而弗纶。配霑润于云雨，象变化乎鬼神。被金石而德广，流管弦而日新。"此总论其功效也。使为文而无功效可言，虽雕琢其辞，与《礼记·曲礼》所谓"鹦鹉能言，不离飞鸟；猩猩能言，不离禽兽"者何以异？与欧阳子《送徐无党南归序》所谓"草木荣华之飘风，禽兽好音之过耳"者又何以异？兹更即其彰明较著者分而论之，盖大端有六：

一曰论学。学也者，本己之所得，以救之世所失者也。韩退之《进学解》云："觝排异端，攘斥佛老。补苴罅漏，张皇幽眇。寻坠绪之茫茫，独旁搜而远绍。障百川而东之，回狂澜于既倒。"张子《语录》云："为天地立心，为生民立命，为往圣继绝学，为万世开太平。"意正指此。但文章不工，虽有此志此学，何由宣其所见，以觉当世而诏来兹？故程子读张子《西铭》，以为"无子厚笔力发不出"。黄东发（震）《日抄》云："朱子为文，其天才卓绝，学力宏肆，落笔成章，殆于天造。其剖析性理之精微，则日精月明；其穷诘邪说之隐遁，则神搜霆击；其感慨忠义，发明《离骚》，则苦雨凄风之变态；其泛应人事，游戏翰墨，则行云流水之自然。"太仓陆桴亭（世仪）《思辨录》云："古文须少年时及早为之。王阳明（守仁）未遇湛甘泉（若水）讲道时，先与同辈学作诗文。故讲道之后，其往来论学书及奏疏，皆明白透快，吐言成章，动合古文体格，虽识见之高，学力之到，然其得力，未始不在平日一番简练揣摩也。"据此可见文章发挥道妙，其功效之见于论学者，固当首及之矣。

二曰匡时。古人以《禹贡》行河；以《洪范》察变；以《春秋》断狱，或以之出使；以《甫刑》校律令条法；以《三百五篇》当谏书；以《周官》致太平；以《礼》为服制，以兴教化。圣贤经典，无不与政治有关。是以为文章者，必有陈古风今之思，本其心之沉郁，而达以笔之委婉，乃可以动人，可以救世。顾亭林《日知录》云："舜曰：'诗言志。'此诗之本也。《王制》：'命太师陈诗以观民风。'此诗之用也。《荀子》论《小雅》曰：'疾今之政以思往者，其言有文焉，其声有哀焉。'此诗之情也。故诗者，王者之迹也。"唐白居易《与元微之书》曰："年齿渐长，阅事渐多，每与人言，多询时务；每读书史，多求理道。始知文章合为时而著，诗歌合为事而作。"又自叙其诗关于美刺者谓之讽谕诗，自比于梁鸿《五噫》之作。而谓好其诗者邓鲂、唐衢俱死，"吾与足下又困踬。岂六义、四始之风，天将破坏不可支持耶？又不知天意不欲使下人病苦闻于上耶？"嗟乎，可谓知立言之旨者矣。案《杜工部集》中，如《北征》《自京赴奉先咏怀》、"三吏"、"三别"、前后《出塞》《兵车行》《悲陈陶》《悲青坂》《哀江头》《哀王孙》诸篇，其闵时愤俗之怀，沉郁悲壮，往往足以继变风变雅，故当时号为"诗史"。苏东坡亦评其诗云："古今诗人众矣，而杜子美为首。岂非以其流落饥寒，终身不用，而一饭未尝忘君也欤？"然则，因所遭之时，或颂其美，或刺其失；当王泽寖衰，犹思匡而正之，追而复之，近救一时，远垂万世，斯又文章之功效也。

三曰纪事。夫立乎千百世之后，而追溯千百世以前，其为时也远矣。乃举凡贤君相之丰功骏业，名儒之至德要道，莫不可以穷原竟委，历历言之，非有高文为之叙述，何以臻此？昔韩退之《答崔立之（斯立）书》，自言"将耕于宽闲之野，钓于寂寞之滨，求国家之遗事，考贤人哲士之所终始，作唐之一经，垂之于无穷，诛奸谀于既死，发潜德之幽光"。虽《答刘秀才论史书》有"仆虽呆，亦粗知自爱，实不敢率尔为之"之语，而柳子厚遗之书云："若退之如此，则唐之史述，卒无可托。明天子、贤宰相得史才如此，而又不果，甚可痛哉！"此可见其文不高，不能为史；即为之，亦必不能令人传习而脍炙之也。是以退之进《撰平淮西碑文表》，历陈二《典》《禹贡》《盘庚》、五《诰》《元鸟》《长发》《清庙》《臣工》、大小二《雅》，以为"皆由辞事相称，善并美具，乃号以为经，从始至今，莫敢指斥；向使撰次不得其人，文字暧昧，虽有美实，其谁观之"？李习之《答皇甫湜书》云："仆以为西汉十一帝，高祖起布衣，定天下，豁达大度，东汉所不及；其余惟文、宣二帝为优。自惠、景以下，亦不皆明于东汉明、章二帝；而前汉事迹灼然传在人口者，以司马迁、班固叙述高简之功，故学者悦而习焉，其读之详也。足下读范晔《汉书》、陈寿《三国志》、王隐《晋书》生熟，何如左丘明、司马迁、班固之温习哉？故温习者事迹彰，而罕读者事迹晦。读之疏数，在词之高下，理必然也。"欧阳永叔跋《唐田布碑》云："今有道史汉时事，其人伟然甚著，而市儿俚妪，犹能道之；自魏晋以下，不为无人，而其显赫不及于前者，无左丘明、司马迁之笔以起其文也。"曾子固《寄欧阳舍人书》，又谓"非畜道德而能文章者，不可以作铭"，且申之云："人之行，有情善而迹非，有意奸而外淑，有善恶相悬而不可以实指,有实大于名,有名侈于实,犹之用人,非畜道德者恶能辨之不惑、议之不徇?不惑不徇,则公且是矣。而其辞之不工,则世犹不传,于是又在其文章兼胜焉。故曰'非畜道德而能文章者,无以为也',岂非然哉!"虞道园(集)《跋张方先生传后》云(案:方字未详):"史臣书事,惟战功、文学、治术则易书,隐君子之为德则难言也。太史公书《伯夷传》,载许由之冢;《东汉书·黄叔度传》,其文虽不及于司马氏,而能使后世拟叔度为颜子,而人信而不疑,亦文章之难事乎!"呜呼!欧阳公有言:盛衰生死之际不足道,"惟为善者能有后,而托于文字者可以无穷"(《河南府司录张君墓表》)。然则,使古今事业磊磊轩天地者不致沉没,斯又文章之功效也。

四曰达情。昔人云:未免有情,谁能遣此?情之在人,正所以灵于万物者也。《诗·七月·毛传》云:"春女悲,秋士悲,感其物化也。"《文心雕龙·物色》篇云:"春秋代序,阴阳惨舒,物色之动,心亦摇焉。盖阳气萌而元驹步,阴律凝而丹鸟羞(元驹、丹鸟,并见《夏小正》。元驹,蚁也;丹鸟,萤也)。微虫犹或入感,四时之动物深矣。若夫珪璋挺其惠心,英华秀其清气,物色相召,人谁获安!是以献岁发春,悦豫之情畅;滔滔孟夏,郁陶之心凝;天高气清,阴沉之志远;霰雪无垠,矜肃之虑深。岁有其物,物有其容;情以物迁,辞以情发。一叶且或迎意,虫声有足引心,况清风与明月同夜,白日与春林共朝哉!"钟仲伟(嵘)《诗品》云:"春风春鸟,秋月秋蝉,夏云暑雨,冬日祁寒,斯四候之感诸咏者也。嘉会寄诗以亲，离群托诗以怨。至于楚臣去境，汉妾辞宫。或骨横朔野，魂逐飞蓬；或负戈从戎，杀气雄边。塞客衣单，孀闺泪尽。或士有解佩出朝，一去忘返；女有扬娥入宠，再盼倾城。凡斯种种，感荡心灵，非陈诗何以展其义，非长歌何以骋其情？故曰：《诗》，'可以群，可以怨'。"由此观之，古人性情，未有不见于文字者，故《文赋》云："思涉乐其必笑，方言哀而已叹。"退之《送孟东野序》云："其歌也有思，其哭也有怀。"然此犹言情之在一己者耳。若夫由己及人，而使彼此之间，洞然无阂，如汉文帝之《与南越王赵佗书》、光武之《与窦融书》，皆以一纸定边陲，力量视十万劲兵，有过之无不及。唐德宗兴元大赦诏，感人之捷亦然。而历代词令施于邻国者，可类推矣。然则情之所及，无论近远，放之皆准，感而遂通，斯又文章之功效也。

　　五曰观人。《礼记·乐记》云："宽而静、柔而正者，宜歌《颂》；广大而静、疏达而信者，宜歌《大雅》；恭俭而好礼者，宜歌《小雅》；正直而静、廉而谦者，宜歌《风》；肆直而慈爱者，宜歌《商》；温良而能断者，宜歌《齐》。"魏文帝《典论》云："夫人善于自见；而文非一体，鲜能备善。"惜抱先生《与陈硕士书》云："作诗者，苟天才与其体性不近，不必强之。大抵其才驰骋而炫耀者，宜七言；深婉而澹远者，宜五言。虽不可尽以此论拘，而大概似之矣。"据此，则人之性情、才气、志操、学业，固各有所宜。惟然，故观其文可以知其人也。昔孔子言："始吾与人也，听其言而信其行；今吾与人也，听其言而观其行。"（《公冶》）又曰："论笃是与，君子者乎？色庄者乎？"（《先进》）又曰："不以言举人。"（《卫灵》）此特就苟以欺人于一时者言之耳。若其平生所著，则心术隐微，必有流露于字里行间而不能掩者。试观子厚谓"慷慨自为正直，行行焉如退之"（《与韩愈论史书》），故退之之文，莫不奇崛；而如《祭郑夫人文》《祭十二郎文》《韩滂墓志铭》《女挐圹铭》，乃至性缠绵，读之令人涕下，故李习之又谓其"孝友慈祥"（《外姑韦夫人墓志》）。苏子由（辙）谓欧阳公"议论宏辨，容貌秀伟"（《上枢密韩太尉书》），故永叔之文，莫不深婉；而如与范司谏（仲淹）、高司谏（若讷）两书，乃凛然有不可犯之色，故王介甫又谓其"果敢之气，刚正之节，至晚而不衰"（《祭欧阳文忠公文》）。虞道园《跋欧曾二公帖》云："欧阳公著书，所以资僚友之考订者，谦至而周悉；曾公家书，所以告语其嫂者，忠爱而敦笃。所谓盛代之德人、文学之师表也。学者因翰墨而想象其词气，因词气而涵泳其德业，所得不既多乎？"此正见文章可以得人之真相与其全量也。不然，何以《书》言"敷奏以言"（《尧典》）、《礼》言"或以言扬"（《文王世子》）哉！是以《日知录》云："末世人情弥巧，文而不惭，固有朝赋《采薇》之篇，而夕有捧檄之喜者，苟以其言取之，则车载鲁连、斗量王蠋矣。曰：是不然，世有知言者出焉，则其人之真伪，即以其言辨之，而卒莫能逃。《黍离》之大夫，始而'摇摇'，中而'如噎'，既而'如醉'，无可奈何而付之苍天者，真也。汨罗之宗臣，言之重，词之复，心烦意乱，而其词不能以次者，真也。栗里之征士，澹然若忘于世，而感愤之怀，有时不能自止，而微见其情者，真也。其汲汲然自表襮而为言者，伪也。"方望溪《与刘言洁书》云："道之不闻，而其言传，自古及今，未有一得者也。身则无是，而强为闻道之言，则其出也，不能如其心，而其传也，人能知其伪。"夫人藏其心，不可测度也；然而观其所言，即可以知其所蕴，斯又文章之功效也。

六曰博物。夫博物之书，莫如《尔雅》。今观所述，不外《诗》《书》《礼》《乐》四端，盖皆宇宙之大文也。自兹而降，莫如屈、宋、扬、马之词赋。是以《文心雕龙·物色》篇云："诗人感物，联类不穷；流连万象之际，沉吟视听之区。写气图貌，既随物以宛转；属采附声，亦与心而徘徊。故'灼灼'状桃花之鲜，'依依'尽杨柳之貌，'杲杲'为日出之容，'瀌瀌'拟雨雪之状，'喈喈'逐黄鸟之声，'喓喓'学草虫之韵。'皎日''嘒星'，一言穷理；'参差''沃若'，两字穷形。并以少总多，情貌无遗矣。虽复思经千载，将何易夺？及《离骚》代兴，触类而长，物貌难尽，故重沓舒状，于是'嵯峨'之类聚，'葳蕤'之群积矣。及长卿之徒，诡势瑰声，模山范水，字必鱼贯，所谓诗人丽则而约言，辞人丽淫而繁句也。"又云："山林皋壤，实文思之奥府。屈平所以能洞鉴风骚之情者，抑亦江山之助乎！"及韩退之出，乃更以诗赋所长，入于散体文中，是以《上兵部李侍郎书》云："凡自唐、虞以来，编简所存，大之为河海，高之为山岳，明之为日月，幽之为鬼神，纤之为珠玑华实，变之为雷霆风雨，奇辞奥旨，靡不通晓。"至《送高闲上人序》云："往时张旭善草书，不治他伎，喜怒、窘穷、忧悲、愉快、怨恨、思慕、酣醉、无聊、不平，有动于心，必于草书焉发之；观于物，见山水、崖谷、鸟兽、虫鱼、草木之花实、日月、列星、风雨、水火、雷霆、霹雳、歌舞、战斗，天地事物之变，可喜可愕，一寓于书。"此虽论草书，而行文之妙，亦犹是矣。柳子厚《愚溪诗序》云："余虽不合于俗，亦颇以文墨自慰。漱涤万物，牢笼百态，而无所避之。"欧阳公《六一诗话》载梅圣俞论诗云："必状难写之景，如在目前；含不尽之意，见于言外。"因引严维诗"柳塘春意漫，花坞夕阳迟"，以为"天容时态，融和骀荡，岂不如在目前乎？又若温庭筠'鸡声茅店月，人迹板桥霜'，贾岛'怪禽啼旷野，落日恐行人'，则道路辛苦，羁愁旅思，岂不见于言外乎？"苏子瞻评诗人写物云："'桑之未落，其叶沃若'，他木殆不可以当此。林逋《梅花》诗云：'疏影横斜水清浅，暗香浮动月黄昏。'决非桃李诗。皮日休《白莲花》诗云：'无情有恨何人见，月晓风清欲堕时。'决非红莲诗。此乃写物之工。若石曼卿（延年）《红梅》诗云：'认桃无绿叶，辨杏有青枝。'至陋语，盖村学中体也。"又书参寥（僧道潜）论杜诗云："老杜诗'楚江巫峡半云雨，清簟疏帘看弈棋'，此句可画。但恐画不就尔。"叶少蕴（梦得）《石林诗话》云："老杜'细雨鱼儿出，微风燕子斜'，此十字殆无一字虚设。细雨著水面为沤，鱼常上浮而洵；若大雨则伏而不出。燕体轻弱，风猛则不能胜；惟微风乃受以为势。至'穿花蛱蝶深深见，点水蜻蜓款款飞'，'深深'字若无'穿'字，'款款'字若无'点'字，皆无以见。"其精微如此。自文学家有此境，于是赋物之工，诚如《文赋》所谓"笼天地于形内，挫万物于笔端"者，斯又文章之功效也。

以上所陈六者，皆彰明较著之大端。自今以往，世局日新，人事日多，而所以助文章而生其波澜意态者日广，则其功效必日著，是在有志兹学者扩而充之、神而明之耳。

卷 二

运 会

《文心雕龙·时序》篇云："昔在陶唐，德盛化钧，野老吐'何力'之谈，郊童含'不识'之歌。有虞继作，政阜民暇，'薰风'诗于元后，'烂云'歌于列臣。尽其美者何？乃心乐而声泰也。至大禹敷土，'九序'咏功；成汤圣敬，'猗欤'作颂。逮姬文之德盛，《周南》勤而不怨；太王之化淳，《豳风》乐而不淫。幽、厉昏而《板》《荡》怒，平王微而《黍离》哀。故知歌谣文理，与世推移，风动于上，而波震于下者也。春秋以后，角战英雄，六经泥蟠，百家飚骇。方是时也，韩、魏力政，燕、赵任权；五蠹六虱，严于秦令；唯齐、楚两国，颇有文学，齐开庄衢之第，楚广兰台之宫，孟轲宾馆，荀卿宰邑；故稷下扇其清风，兰陵郁其茂俗，邹子（衍）以谈天飞誉，驺奭以雕龙驰响，屈平联藻于日月，宋玉交彩于风云。观其艳说，则笼罩《雅》《颂》，故知炜烨之奇意，出乎纵横之诡俗也。爰至有汉，运接燔书，高祖尚武，戏儒简学。虽礼律草创，《诗》《书》未遑；然《大风》《鸿鹄》之歌，亦天纵之英作也。施及孝惠，迄于文、景，经术颇兴，而辞人勿用，贾谊抑而邹、枚沉（邹阳、枚乘），亦可知已。逮孝武崇儒，润色鸿业，礼乐争辉，辞藻竞骛：柏梁展朝宴之诗，金堤制恤民之咏，征枚乘以蒲轮，申主父（偃）以鼎食，擢公孙（宏）之对策，叹倪宽之拟奏，买臣负薪而衣锦，相如涤器而被绣；于是史迁、寿王（吾丘氏）之徒，严（安）、终（军）、枚皋（乘子）之属，应对固无方，篇章亦不匮，遗风馀采，莫与比盛。越昭及宣，实继武绩，驰骋石渠，暇豫文会，集雕篆之轶材，发绮縠之高喻，于是王褒之伦，底禄待诏。自元暨成，降意图籍，美玉屑之谈，清金马之路，子云锐思于千首，子政雠校于六艺，亦已美矣。爰自汉室，迄至成、哀，虽世渐百龄，辞人九变，而大抵所归，祖述《楚辞》，灵均（《离骚》："名余曰正则兮，字余曰灵均。"）馀影，于是乎在。自哀、平陵替，光武中兴，深怀图谶，颇略文华。然杜笃献诔以免刑，班彪参奏以补令，虽非旁求，亦不遐弃。及明、章叠耀，崇爱儒术，肆礼璧堂，讲文虎观。孟坚珥笔于国史，贾逵给札于瑞颂，东平（宪王苍）擅其懿文，沛王（献王辅）振其通论，帝则藩仪，辉光相照矣。自和、安已下，迄至顺、桓，则有班（固）、傅（毅）、三崔（骃、瑗、寔），王（延寿）、马

（融）、张（衡）、蔡（邕），磊落鸿儒，才不时乏，而文章之选，存而不论。然中兴之后，群才稍改前辙，华实所附，斟酌经辞，盖历政讲聚，故渐靡儒风者也。降及灵帝，时好辞制，造皇羲之书，开鸿都之赋；而乐松之徒，招集浅陋，故杨赐号为驩兜，蔡邕比之俳优，其馀风遗文，盖蔑如也。自献帝播迁，文学蓬转，建安之末，区宇方辑。魏武以相王之尊，雅爱诗章；文帝以副君之重，妙善辞赋；陈思以公子之豪，下笔琳琅。并体貌英逸，故俊士云蒸。仲宣（王粲字）委质于汉南，孔璋（陈琳字）归命于河北，伟长从宦于青土，公干（刘桢字）徇质于海隅，德琏（应玚字）综其斐然之思，元瑜（阮瑀字）展其翩翩之乐，文蔚（路粹字）、休伯（繁钦字）之俦，于叔（邯郸淳字）、德祖（杨修字）之侣，傲雅觞豆之前，雍容衽席之上，洒笔以成酣歌，和墨以资谈笑。观其时文，雅好慷慨，良由世积乱离，风衰俗怨，并志深而笔长，故梗概而多气也。至明帝纂戎，制诗度曲，征篇章之士，置崇文之观，何（晏）、刘（劭）群才，迭相照耀。少主相仍，唯高贵（高贵乡公髦）英雅，顾盼含章，动言成论。于时正始（魏主芳年号）馀风，篇体轻淡，而嵇（康）、阮（籍）、应（璩）、缪（袭），并驰文路矣。逮晋宣始基，景、文克构，并迹沈儒雅，而务深方术。至武帝维新，承平受命，而胶序篇章，弗简皇虑。降及怀、愍，缀旒而已。然晋虽不文，人才实盛，茂先（张华字）摇笔而散珠，太冲（左思字）动墨而横锦，岳（潘氏）、湛（夏侯氏）曜联璧之华，机、云（并陆氏）标二俊之采，应（贞）、傅（咸）、三张

（载、协、亢）之徒，孙（绰）、挚（虞）、成公（绥）之属，并结藻清英，流韵绮靡。前史以为运涉季世，人未尽才，诚哉斯谈，可为叹息。元皇中兴，披文建学，刘（隗）、刁（协）礼吏而宠荣，景纯（郭璞字）文敏而优擢。逮明帝秉哲，雅好文会，升储御极，孳孳讲艺，练情于诰策，振采于辞赋；庾（亮）以笔才逾亲，温（峤）以文思益厚，揄扬风流，亦彼时之汉武也。及成、康促龄，穆哀短祚，简文勃兴，渊乎清峻，微言精理，函满玄席，澹思浓采，时洒文囿。至孝武不嗣，安、恭已矣；其文史则有袁（宏）、殷（文仲）之曹，孙（盛）、干（宝）之辈，虽才或浅深，珪璋足用。自中朝贵玄，江左称盛，因谈馀气，流成文体。是以世极迍邅，而辞意夷泰，诗必柱下（《法轮经》：老子在周武王时为柱下史）之旨归，赋乃漆园（《史记》庄子传："周尝为蒙漆园吏。"）之义疏。故知文变染乎世情，废兴系乎时序，原始以要终，虽百世可知也。自宋武爱文，文帝彬雅，秉文之德，孝武多才，英采云构。自明帝以下，文理替矣。尔其缙绅之林，霞蔚而飙起；王（僧达）、袁（淑）联宗以龙章，颜（延之）、谢（灵运）重叶以凤采；何（逊）、范（云）、张（邵）、沈（约）之徒，亦不可胜数也。"案所论于晋宋以前文学兴废，已得其概；惟末于齐语焉不详，岂有所讳而然欤！兹故弗录，而撮钞诸史续之。

盖《文苑传》起于《后汉书》而无序。《三国志》无《文苑传》。《晋书·文苑》《南史·文学》两传序亦略。据《北史·文苑传序》云："永明（南齐武帝年号）、天监（梁武帝年号）之际，太和（魏孝文帝年号）、天保（北齐文宣帝年号）之间，洛阳江左，文雅尤盛。江左宫商，发越，贵于清绮；河朔词义贞刚，重乎气质。气质则理胜其词，清绮则文过其意。理深者便于时用，文华者宜于歌咏。此南北词人得失之大较也。梁自大同（武帝年号）之后，雅道沦缺，渐乖典则，争驰新巧，简文、湘东启其淫放，徐陵、庾信分路扬镳，其意浅而繁，其文匪而彩，词尚轻险，情多哀思，格以延陵之听，盖亦亡国之音也。隋文初统万几，每念斫雕为朴，发号施令，咸去浮华。然时俗词藻，犹多淫丽，故宪台执法，屡飞霜简。炀帝初习艺文，有非轻侧；暨乎即位，一变其体。《与越公书》《建东都诏》《冬至受朝》诗及《拟饮马长城窟》，并存雅体，归于典则，虽意在骄淫，而词无浮荡，故当时缀文之士，遂得依而取正焉，所谓能言者未必能行，盖亦君子不以人废言也。"
《唐书·文艺传序》云："唐有天下三百年，文章无虑三变：高祖、太祖，大难初夷，沿江左馀风，绮章绘句，揣合低昂，故王（勃）、杨（炯）为之伯。元宗好经术，群臣稍厌雕琢，索理致，崇雅黜浮，气益雄浑，则燕（张说）、许（苏颋）擅其宗。是时唐兴已百年，诸儒争自名家，大历（代宗年号）、贞元（德宗年号）间，美才辈出，擩哜道真，涵泳圣涯，于是韩愈倡之，柳宗元、李翱、皇甫湜等和之，排逐百家，法度森严，抵轹晋、魏，上轧汉、周，唐之文章，完然为一王法，此其极也。若侍从酬奉，则李峤、宋之问、沈佺期、王维；制册则常衮、杨炎、陆贽、权德舆、王仲舒、李德裕；言诗则杜甫、李白、元稹、白居易、刘禹锡；谲怪则李贺、杜牧、李商隐,皆卓然以所长为一世冠,其可尚矣。"《五代史》无文苑传。《宋史·文苑传序》云:"艺祖革命,首用文吏,而夺武臣之权,宋之尚文,端本乎此。太宗、真宗在藩邸,已有好学之名;及其即位,弥文日增,自时厥后,子孙相承,上之为人君者,无不典学;下之为人臣者,自宰相以至令录,无不擢科,海内文士,彬彬辈出焉。国初杨亿、刘筠,犹袭唐人声律之体;柳开、穆修,志欲变古而力弗逮;庐陵欧阳修出,以古文倡,临川王安石、眉山苏轼、南丰曾巩起而和之,宋文日趋于古矣。南渡文气不及东都,岂不足以观世变欤!"《辽史·文学传序》云:"辽起松漠,太祖以兵经略方内,礼文之事,固所未遑。及太宗入汴,取晋阁书礼器而北,然后制度渐以修举。至景、圣(景宗贤,圣宗隆绪)间,则科目聿兴,上有由下僚擢升侍从,骎骎崇儒之美;但其风气刚劲,三面邻敌,岁时以蒐狝为务,而典章文物,视古犹阙。"《金史·文艺传序》云:"金初未有文字。世祖以来渐立条教。太祖既兴,得辽旧人用之,使介往复,其言已文。太宗继统,乃行选举之法;及伐宋取汴经籍图书,宋士多归之。熙宗款谒先圣,北面如弟子礼。世宗、章宗之世,儒风丕变,庠序日盛,士由科第位至宰辅者接踵。当时儒者虽无专门名家之学,然而朝廷典策,邻国书命,粲然可观。金用武得国,无以异于辽;而一代制作,能自树立唐宋之间,非辽所及。"《元史》无文苑传,特附于《儒学传》中。大抵自南宋而文学已衰,其时,文惟朱子及吕成公(祖谦),诗则陈简斋(与义)、曾茶山(几)、陆放翁、杨诚斋（万里）为之最。其后，金则元遗山，元则刘静修（因）、虞文靖（集）、揭文安（傒斯）、杨仲宏（载）、范德机（椁）、吴立夫（莱）、黄文献（溍）、柳道传（贯），皆有名于时，而开明初风气。故《明史·文苑传序》云："明初文学之士，承元季虞、柳、黄、吴之后，师友讲贯，学有本原，宋濂、王祎、方孝孺以文雄，高（启）、杨（维桢）、张（以宁）、徐（一夔）、刘基、袁凯以诗著。其他胜代遗逸，风流标映，不可指数，盖蔚然称盛。永、宣（永乐，太宗年号；宣德，宣宗年号）以还，作者递兴，皆冲融演迤，不事钩棘，而气体渐弱。弘、正（弘治，孝宗年号；正德，武宗年号）之间，李东阳出入宋元，溯流唐代，擅声馆阁；而李梦阳、何景明倡言复古，文自西京、诗自中唐而下，一切吐弃，操觚谈艺之士，翕然宗之，明之诗文，于斯一变。迨嘉靖（世宗年号）时，王慎中、唐顺之辈，文宗欧、曾，诗仿初唐；李攀龙、王世贞辈，文主秦汉，诗规盛唐。王、李之持论，大率与梦阳、景明相倡和也。归有光颇后出，以司马、欧阳自命，力排李、何、王、李；而徐渭、汤显祖、袁宏道、钟惺之属，亦各争鸣一时，于是宗李、何、王、李者稍衰。至启、祯（天启，熹宗年号；崇祯，怀宗年号）时，钱谦益、艾南英准北宋之矩矱，张溥、陈子龙撷东汉之芳华，又一变矣。"此皆前史所载之可考而知者。至于清室二百七十馀年之间，人才亦不少。古文则有侯方域、魏禧、汪琬、姜宸英、方苞、刘大櫆、姚鼐、管同、梅曾亮、恽敬、张惠言、曾国藩、张裕钊、吴汝纶；骈文则有胡天游、邵齐焘、孔广森、洪亮吉；诗则有龚鼎孳、吴伟业、王士祯、施闰章、宋琬、朱彝尊、赵执信、查慎行，而大櫆及鼐之诗亦最胜，其末造有莫友芝、郑珍。此其大略也。

今综而观之，虽历代英才，应运而出，然元、明、清文学逊于宋，宋逊于唐，唐逊于周、秦、两汉，岂不能不为时代所限欤！昔朱子读《唐志》，谓："自孟子没，天下之士，不求知道养德，以充其内，而文章遂无实。东京以后，讫于隋、唐，愈下愈衰。韩愈氏出，始追六艺而作《原道》诸篇。然读其书，出于谄谀戏豫放浪者自不少。若夫所原之道，则徒能言其大体，而未见有探讨服行之效。故其论古人，直以屈原、孟轲、马迁、相如、扬雄为一等，而不及董、贾；其论当世之弊，但以'词不己出'，遂有神徂圣伏之叹。则师生传受，未免裂道与文以为两物。自是以来，又数百年，而后有欧阳子，其病亦同。"唐荆川《与茅鹿门书》亦谓："作文必洗涤心源，然后有真精神。即以诗论：陶彭泽未尝较声律、雕句文，但信手写出，便是宇宙间第一等好诗，何则？其本色高也。自有诗以来，其较声律、雕句文、用心最苦而立说最严者，无如沈约，苦却一生精力，使人读其诗，只见其捆缚龌龊满卷累牍，竟不曾道出一两句好话，何则？其本色卑也。本色卑，文不能工也，而况非其本色者哉！"两家所论，实洞于古今文章升降之由，非率尔操觚者所能窥见。

虽然，荆川谓休文不及渊明是矣；而朱子之讥韩、欧，则未免已甚。何以言之？昌黎游戏之文本不多，其有之，亦别寓深意，固与道术无妨。苏子瞻《答扬康功》诗云:"退之仙人也,游戏于斯文。"可谓深知文章之趣。至于乞乃少年事,观《上贾滑州书》云:"愈年二十有三。"《上崔虞部书》云:"愈今二十有六矣。"《上宰相书》云:"今有人生二十有八年矣。"即其明证。其后德成行尊,则不屑为之。故《答李习之书》云:"仆在京城八九年,无所取资,日求于人,以度时月。当时行之不觉也,今而思之,如痛定之人,思当痛之时,不知何能自处也。今年已加长矣,复驱之使就其故地,是亦难矣。"若夫《答崔立之书》以孟子与诸家并言,特即文章一端论之耳。其于道术,《原道》固云:"轲之死,不得其传焉。"《读荀子》又云:"孟氏醇乎醇者也。荀与扬,大醇而小疵。"未尝以为一等。董、贾虽《集》中未言及,而李南纪作《昌黎集序》云:"秦汉以前其气浑然。迨乎司马迁、相如、董生、扬雄、刘向之徒,尤所谓杰然者也。"柳子厚《与杨京兆凭书》又有"明如贾谊"之语,是师友讲论之际,必及二子可知。况"辞必己出"本《礼记·曲礼》"毋勦说,毋雷同"而来,尤足为文家针砭,而何讥焉?是以程子尝推韩公为豪杰之士。黄东发《日抄》云:"临川王氏为诗讥昌黎曰:'纷纷易尽百年身,举世无人识道真。力去陈言夸末俗,可怜无补费精神。'夫世更八代,异端肆行,昌黎始出而正之,以六经之文为诸儒倡,论者谓功不在孟子下,今讥其'无补',不足服昌黎也。且王氏亦不过费精神以从事文墨,正欲学昌黎而未至者,奈何身自为之,而反以讥人耶!晦庵先生校昌黎文,乃取此诗附于后,殊所未晓。"曾文正公《答刘孟容书》："朱子讥韩、欧裂道与文为二物，而欧公《送徐无党序》，亦以修之于身、施之于事、见之于言分为三等，其意深慕立德之徒，而以功与言为不足贵。朱子岂忘此说，奚病之若是哉？"

案苏子由《欧阳公神道碑》云："自魏晋以来，历南北，文弊极矣，虽唐贞观、开元之盛，卒不能振。惟韩退之一变复古，阔其颓波。东注之海，遂复西汉之旧。其后五代相承，天下不知所以为文，及公之文出，乃复无愧于古。呜呼！千数百年，文章废而复兴，惟得二人焉，夫岂偶然哉？"方望溪《赠方文辀序》云："文章之传，代降而卑，以为古必不可复者，惑也。百物伎巧，至后世而益精，竭心焉以求其善耳。然则道德文术之所以衰者，其故可知矣。周时人无不达于文，见于传者，隶卒厮舆，亦能雍容辞令。苏秦既遂，代、厉始脱市籍，驰说诸侯，而文辞之雄，后世之宿学不能逮也。盖三代盛时，无人而不知学，虽农工商贾，其少也固尝与于塾师里门之教矣。至秀民之能为上者，则聚之庠序学校，授以《诗》《书》六艺，使究切于三才万物之理，而渐摩于师友者，常数十年，故深者能自得其性命，而飚流馀焰之发于文辞者亦充实光辉，而非后世所能及也。汉之文，终武帝之世而衰，虽有能者，气象苶然，盖周人遗学老师宿儒之所传，至是而扫地尽矣。自是以降，古文之学，每数百年而一兴，唐宋所传诸家是也。汉之东，宋之南，其学者专为训诂，故义理明而文章则不能兼胜焉。而其尤衰则在有明之世。盖唐宋之学者，虽逐于诗赋论策之末，然所取尚博，故一旦去为古文，而力犹可藉也；明之世一于五经、四子之书，其号则正矣，而人占一经，自少而壮，英华果锐之气，皆蔽于时文，而后用其馀以涉于古，则其不能自树立也宜矣。由是观之，文章之盛衰，一视乎上之所以教，下之所以学，各有由然，而非以时代为升降也。夫自周之衰以至唐，学芜而道塞，近千岁矣。及昌黎韩子出，遂以掩迹秦汉，而继武于周人，其务学属文之方，具于其书者，可按验也。然则今之人苟能学韩子之学，安在不能为韩子之文哉？"窃谓两家所论较为持平。

派　别

唐、虞、三代，人居一官，世修其业，譬如宫商之相应，水火之相资，初无彼此怨怒不相通晓之事。道术之裂，其在东周以后乎？然其时虽诸子各自标异，而文章犹未尝以流派名也。文学之裂，其在东汉以后乎？魏文帝《典论》云："文人相轻，自古已然。傅毅之于班固，伯仲之间耳；而固小之，与弟超书曰：'武仲以能属文为兰台令史，下笔不能自休。'"盖门户之争，由此起矣。自后骈俪之文日盛。及唐韩昌黎出，乃复于古，而古文辞之名立。又唐多诗人，能文者较少，于是诗与文为二派。文之中，古文与骈文复为二派。考当时诸派中巨子，犹未有判若鸿沟之意，故洪景卢（迈）《容斋随笔》云："王勃等四子之文，皆精切有本原，其用骈俪作记、序、碑碣，盖一时体格如此，而后来颇议之。杜诗云：'王杨卢骆当时体，轻薄为文哂未休。尔曹身与名俱灭，不废江河万古流。'正谓此耳。'身名俱灭'以责轻薄子；'江河万古'指四子也。"韩公《滕王阁记》云："江南多游观之美，而滕王阁独为第一，及得三王所为《序》《赋》《记》等，壮其文词。"又云："中丞命为《记》，窃喜载名其上，词列三王之次，有荣耀焉。"（三王者，勃作《序》，绪作《赋》，仲舒前为从事，作《记》，今为中丞）则韩之所以推勃者，亦为不浅矣。今案白乐天诗与退之有难易之不同，而作《老戒》诗云："我有白头戒，闻于韩侍郎。"李义山于文最长于骈体，而称韩公《平淮西碑》，乃以二《典》与《清庙》《生民》诗为比。古人不以己之所能，愧人之不能，以己之不能，忌人之能，其宅心宽厚，为何如哉！派之别由末流而生，实根于党同伐异之见。夫人之精力有限，势不能兼众美。故杜子美之文掩于诗，曾子固之诗掩于文。昔宋邵博《闻见后录》云："李习之与韩退之、孟东野善。习之于文，退之所敬也；退之与东野唱酬倾一时，习之独无诗，退之不议也。尹师鲁（洙）与欧阳永叔、梅圣俞善。师鲁于文，永叔所敬也；永叔与圣俞唱酬倾一时，师鲁独无诗，永叔不议也。"叶少蕴《石林诗话》云："李翱、皇甫湜，皆退之高弟，而不传其诗。不应散亡无存者，计或非所长故不作耳。以非所长而不作，贤于世之不能而强为之者也。"顾亭林《日知录》云："古人之会君臣朋友，不必人人作诗。人各有能有不能，不作诗何害？"惜抱先生与先大父石甫府君（讳莹）书云："大抵古文深入难于诗，故古今作者少于诗人。然亦有能文不能诗者，此亦自由天分耳。"诸家所言，盖有见于此。然不兼为之可也；或主之，或奴之，则不可也。

吾尝论有韵之文与无韵之文之发生，必有韵之文居乎先。观尧之戒、舜之歌可见。若《典》《谟》不尽用韵，乃出夏之史臣，盖在其后。《日知录》云："古人之文，化工也，自然而合于音，则虽无韵之文，而往往有韵。苟不其然，则虽有韵之文，而时亦不用韵，终不以韵害意也。《三百篇》之诗，有韵之文也，乃一章之中，有二三句不用韵者，如'瞻彼洛矣，维水泱泱'之类是矣；一篇之中有全章不用韵者，如《思齐》之四章、五章、《召旻》之四章是矣；又有全篇无韵者，《周颂》《清庙》《维天之命》《昊天有成命》《时迈》《武》诸篇是矣。说者以为当有馀声。然以馀声相协，而不入正文，此则所谓'不以韵而害意'者也。孔子赞《易》十篇，其《彖》《象》传、《杂卦》五篇用韵，然其中无韵者，亦十之一；《文言》《系辞》《说卦》《序卦》五篇不用韵，然亦间有一二，如'鼓之以雷霆，润之以风雨；日月运行，一寒一暑；乾道成男，坤道成女'，'君子知微知彰，知柔知刚，万夫之望'，此所谓'化工之文，自然而合'者，固未尝有心于用韵也。《尚书》之体本不用韵，而《大禹谟》'帝德广运，乃圣乃神，乃武乃文'以下，《伊训》'圣谟洋洋，嘉言孔彰'以下，《太誓》'我武惟扬，侵于之疆'之下，《洪范》'无偏无陂，遵王之义'以下，诸语皆用韵。又如《曲礼》'行前朱鸟而后元武，左青龙而右白虎'以下，《礼运》'元酒在室，醴盏在户，粢醍在堂，澄酒在下'以下，《乐记》'夫古者天地顺而四时当，民有德而五谷昌'以下，《中庸》'故君子不可以不修身，思修身不可以不事亲'以下，《孟子》'师行而粮食，饥者弗食，劳者弗息'以下，诸语亦然。此类秦汉诸子书并有之。太史公作赞亦时一用韵，而汉人乐府诗反有不用韵者。"据此则文之有韵无韵，皆顺乎自然，诗固有韵，而文亦未必不用韵。东汉以降，乃以无韵属之文，有韵属之诗，判而二之，文章日衰，未始不因乎此。而况诗之造句隶事虽与文异，然如李、杜之五七言古诗，与杜公之五言长律，其中章法笔法，何尝不与文相通？至韩、欧、苏、王诸家本长于古文，其诗即以古文法为之经纬。必谓诗与文两道，何啻痴人说梦哉！

若夫偏于用奇之文与偏于用偶之文之发生，则用奇者必居乎先，观伏羲画卦先《乾》后《坤》可见。但有奇即当有偶，此亦顺乎自然而不可以已者。昔李申耆（兆洛）《骈体文钞序论》云："天地之道，阴阳而已，奇偶也，方圆也，皆是也。阴阳相并俱生，故奇偶不能相离，方圆必相为用，道奇而物偶，气奇而形偶，神奇而识偶。孔子曰：'道有变动故曰爻，爻有等故曰物，物相杂故曰文。'又曰：'分阴分阳，迭用柔刚。'故《易》六位而成章，相杂而迭用。文章之用，其尽于此乎！六经之文，班班具在。自秦迄隋，其体递变，而文无异名。自唐以来，始有古文之目，而目六朝之文为骈俪，而为其学者，亦自以为与古文殊路。既歧奇与偶为二，而于偶之中，又歧六朝与唐与宋为三。夫苟第较其字句、猎其影响而已，则岂徒二焉三焉时已，以为万有不同可也。夫气有厚薄，天为之也；学有纯驳，人为之也；体格有迁变，人与天参焉者也；义理无殊途，天与人合焉者也。得其厚薄纯杂之故，则于其体格之变，可以知世焉，于其义理之无殊，可以知文焉。文之体至六代而其变尽矣，沿其流极，而溯之以至乎其源，则其所出者一也。吾甚惜夫歧奇偶而二之者之毗于阴阳也。毗阳则躁剽，毗阴则沉脃，理所必至也，于相杂迭用之旨，均无当也。"曾涤生《周荇农序》云："天地之数，以奇而生，以偶而成。一则生两，两则还归于一，一奇一偶，互为其用，是以无息焉。物无独必有对。太极生两仪，倍之为四象，重之为八卦，此一生两之说也。两之所该，分而为三，毂而为万，万则几于息矣，物不可以终息，故还归于一。天地絪缊，万物化醇，男女构精，万物化生，此两而致于一之说也。一者阳之变，两者阴之化，故曰一奇一偶者，天地之用也。文字之道何独不然？六籍尚已。自汉以来，为文者莫善于司马迁。迁之文其积句也奇，而义必相傅，气不孤伸，彼有偶焉者存焉。其他善者，班固则毗于用偶，韩愈则毗于用奇。蔡邕、范蔚宗以下，如潘、陆、沈、任等比者，皆师班氏者也；茅坤所称八家，皆师韩氏者也。转相祖述，源远而流益分，判然若黑白之不类，于是刺议互兴，尊丹者非素。而六朝隋唐以来，骈偶之文，亦已久王而将厌，宋代诸子乃承其敝，而倡为韩氏之文，而苏轼遂称曰'文起八代之衰'。非直其才之足以相胜，物穷则变，理固然也。豪杰之士,所见类不甚远。韩氏有言:'孔子必用墨子,墨子必用孔子,不相用不足为孔、墨。'由是言之,彼其于班氏相师而不相非,明矣。耳食者不察,遂附此而抹杀一切。又其言多根六经,颇为知道者所取,故古文独尊,而骈偶之文乃屏而不得于其列。夫适王都者,或道晋,或道齐,要于达而已。司马迁文家之王都也。为骈偶之文者,进而不已,则且达于班氏而不为韩氏所非,则王都矣。"据此,则用奇与用偶,其流异,其源同,彼此訾謷,亦属寡味。

至于近世张文襄公《书目答问》,于古文中又析之曰"'桐城派'古文家"、"'阳湖派'古文家"、"不立宗派古文家",尤不足据。韩退之《答刘正夫书》云:"文无难易,惟其是尔。"惜抱先生《古文辞类纂序》云:"夫文无所谓古今也,惟其当而已。"苟知其是与当,尚何派别之可言?考"桐城派"之名所由生,曾文正《欧阳生文集序》尝言之云:"乾隆之末,桐城姚姬传先生鼐,善为古文辞,慕效其乡先辈方望溪侍郎之所为,而受法于刘君大櫆及其世父编修君范。三子既通儒硕望,姚先生治其术益精,历城周永年书昌为之语曰:'天下之文章,其在桐城乎?'由是学者多归向'桐城',号'桐城派',犹前世所称'江西诗派'者也。"夫"江西诗派",由唐末温飞卿(庭筠)、李义山,以缛丽之体,为后进倡。迨宋杨大年(亿)、刘子仪(筠)辈沿其馀波,作《西昆酬唱集》,诗家遂有"西昆体",致伶官有"挦撦"之讥。元祐诸人矫之,盖起于欧阳公,而盛于黄山谷。山谷弟子最著者为陈后山(师道)。及吕居仁(本中)作《江西诗派图》

列后山以下二十五人,以己殿于末(二十五人,据王厚斋《小学绀珠》所定,乃陈师道、饶节、汪革、江经本、潘大观、潘大临、祖可、李錞、杨符、王直方、谢逸、徐俯、韩驹、谢迈、善权、洪朋、林敏修、李彭、夏倪、高荷、洪刍、洪炎、晁冲之、林敏功、吕本中),名由是起。虽末流学之者或至生硬,然山谷要不得不谓之大家,且其传颇久,南宋陈简斋、曾吉甫、杨诚斋皆其后劲,而茶山授陆剑南,遂为南渡后大宗。桐城之文,末流亦失之单弱;然自方氏以来,气体清洁,与庞杂者自不同,故《四库全书总目》于《望溪集》称之云:"源流极正。"大抵方、姚诸家论文诸语,无非本之前贤,固未尝标帜以自异也,与居仁之作《图》殊不类。当是时阳湖亦多为古文者。据陆祁孙(继辂)《七家文钞序》云:"我朝自望溪方氏,别裁诸伪体,一传为刘海峰,再传为姚惜抱。桐城一大县耳,而有三君子接踵辉映其间,可谓盛矣。吾常谓自荆川没,此道中绝。乾隆间钱伯坰鲁斯亲受业于海峰之门,时时诵其师说于其友恽子居(敬)张皋文(惠言),二子者始尽弃其考据骈俪之学,专志以治古文。"而皋文《送鲁斯序》亦云:"余学为古辞赋,乾隆戊申示鲁斯,鲁斯大喜,顾而谓余:'吾尝受古文法于桐城刘海峰先生,顾未暇以为,子倘为之乎?'余愧谢未能。已而余游京师,思鲁斯言,乃尽屏置曩时所习诗赋不为,而为古文,三年乃稍稍得之。"又文稿《自序》云:"余友王悔生(灼)见余《黄山赋》而善之,劝余为古文,语余以所受于其师刘海峰者,为之一二年,稍稍得规矩。"然则"阳湖"之古文,其源实出"桐城"，诸先辈亦未尝有角立门户之见也。故惜抱先生《与陈硕士书》亦称子居为作手。两派合而不分，即此可见。善乎长沙王益吾（先谦）《续古文辞类纂序》云："立言之道，义各有当而已。愚柔者仰企而不及，贤智者则务为浩侈，不肯自抑其才。姚氏见之真，守之严，其撰述有以入乎人人之心，如规矩准绳不可逾越，乃古今天下之公言，非姚氏私言也。"宗派之说，起于乡曲竞名者之私，播于流俗之口，而浅学者据以自便，有所作弗协于轨，乃谓吾文派别焉耳。近人论文，或以"桐城"、"阳湖"离为二派，疑误后来，吾为此惧。更有所谓"不立宗派之古文家"，殆不然欤！

【校记】

吕本中作《江西诗社宗派图》，于黄庭坚以下"列陈师道、潘大临、谢逸、洪刍、饶节、僧祖可、徐俯、洪朋、林敏修、洪炎、汪革、李锜、韩驹、李彭、晁冲之、江端本、杨符、谢薖、夏倪、林敏功、潘大观、何觊、王直方、僧善权、高荷，合二十五人，以为法嗣"。《苕溪渔隐丛话》所列江西诗派图，人名与次第，与《小学绀珠》所列，略有不同。

卷二

著 述

著述门之文，就姚、曾二家所定合观之，有四类：其无韵者曰论辩；而有韵者曰词赋，曰箴铭；至自述著作之意，或述他人所作者，曰序跋。大抵论辩、箴铭，毗于说理与事者为多；词赋则毗于述情者为多；序跋兼而有之。试评于后。

论辩类莫古于《论语》《孟子》。程子《语录》云："孔子之言如玉然，自是温润含蓄气象；孟子如冰与水精，有许多光耀。"此论诚然。但《论语》中长篇，如论正名，论兵食民信，论伐颛臾，词气刚劲，已开《孟子》先声。且《孟子》光明俊伟中，自有简严易直者存，韩退之《进学解》称其"吐辞为经"，柳子厚《报袁君陈秀才避师名书》，亦与《论语》并云"皆经言"，正以此。先姜坞府君《援鹑堂笔记》云："庄周之文，如飞天仙人，绝世聪明语，不容第二人道得。《列子》较之便平。"又云："《列子·周穆王》篇前路绝世之文，《列》之逸，于此篇可见。"又云："《扬子》须得其章法简古、句字生新处；《荀子》当得其一段洋洋洒洒、畅所欲言之致。"吴挚甫先生尝据《史记·韩非列传》之录《说难》一篇，谓"韩公子文当以此篇为第一"。愚观此传又载秦王见《孤愤》《五蠹》之书，曰："嗟乎，寡人得见此人与之游，死不恨矣。"《太史公自序》亦云："韩非囚秦，《说难》《孤愤》。"然则此数篇皆司马氏所心折可知。唐宋八家惟退之约六经之旨以为文,而神似《孟子》,然方望溪评《原毁》云:"管、荀、韩非之文,排比而益古,惟退之可与抗行。自宋以后,有对语则酷似时文,以所师法者自汉唐而止也。"惜抱先生评《争臣论》云:"其风格出于《左》《国》,是诸子之长,实兼而有之。子厚廉悍似韩非,欧、曾晓畅似荀子,三苏得力《战国策》为多。"惜翁《古文辞类纂序目》谓"子瞻间亦取之《庄子》"。又评诸策云:"笔势多学《庄子》外篇。"而曾文公《日记》则谓"苏公虽学《庄子》,实则恢诡处不逮远甚"。《援鹑堂笔记》亦云:"凡文字轻利快便,多不入古,才说仙才,便有此病。李太白诗,苏东坡文,皆有此患。庄周亦间有之。"方植之《昭昧詹言》云:宋人流易,不及汉唐人厚重;东坡尤甚,"如所云'笔所未到气已吞','高屋建瓴','悬河泄海',皆其所擅场;但嫌太尽,一往无馀,故当济以顿挫之法。顿挫之说,如所云'有往必收,无垂不缩','将军欲以巧胜人,盘马弯弓惜不发',此惟杜诗、韩文最绝,太史公书亦如此,六经、周、秦诸子亦如此"。盖文章欲求深入,最忌剽滑。虽以退之之深古,而《讳辨》一篇,稍近驰骋,曾文正已谓其太快利,非韩公上乘文字,而况三苏之文,明爽俊快。老泉尤踔厉风发,其笔力坚劲,虽能倾倒一时,然专以此种为法,去古人浑穆高古之境,岂不辽绝哉!是以东坡晚年亦知之,《与张嘉父书》云:"凡人为文,至老多有所悔,仆尝悔其少作矣。"又《与王庠书》云:"仆少时好议论古人,既老涉世更变，往往悔其言之过。"而作《子由新修汝州龙兴寺吴画壁诗》亦云："始知真放本精微，不比狂花生容慧。"然则在南海所为《志林》十三首，虽笔势卓荦，而意之谨慎，词之严重，与平生不同，宜矣。茅鹿门云："公于时经历世途已久，故上下古今处，所见尤别。"方望溪评《鲁隐公》篇云："事核而理当，直达所见，不用反覆以为波澜，于子瞻诸论中，更觉峣然而出其类。"又评《始皇扶苏》篇云："钩深索隐，实人情物理之自然，是以可贵。"惜翁亦评《鲁隐公》篇云："此与论周东迁，皆杂引古事，错综成篇。而此篇尤为奇肆飘忽，其神气盖近《孟子》。是不可以貌论也。"读苏氏论者，宜分别观之。虽然，曾氏《经史百家杂钞》于苏论抉择颇慎，而策则未录；惜翁录之乃极多者，盖为初学计耳。昔东坡《与侄帖》云："凡文字，少小时须令气象峥嵘，采色绚烂；渐老渐熟，乃造平澹。其实不是平澹，乃绚烂之极也。汝只见我而今平澹，何不取旧日应举时文字看，高下抑扬，如龙蛇捉不住，且当学此。"据此则初入门者，于此等文固不得不加一番揣摩也。

词赋类以屈原为鼻祖。盖周衰《诗》熄，屈氏因崛起于楚。自淮南子称之云："《国风》好色而不淫，《小雅》怨诽而不乱，若《离骚》者可谓兼之。"太史公取此语入屈氏传，由是藻丽之士咸师之，厥制益繁。近世张皋文《七十家赋钞序》云："谲而不觚，尽而不戬，肆而不衍，比物而不丑，其志洁，其物芳，其道杳冥而有常，此屈平之为也。与《风》《雅》为节，涣乎若翔凤之运轻椴，洒乎若元泉之出乎蓬莱而往渤澥。及其徒宋玉、景差为之，其质也华然，其文也纵而后反。虽然，其与物椎拍宛转，泠汰其义，毂辗于物，芴芴乎古之徒也，刚志决理，輐断以为纪，内而不污，表而不著，则荀卿之为也。其原出于《礼》经，朴而饰，不断而节。及孔臧、司马迁为之，章约句制，累不可理，其辞深而旨文，确乎其不颇者也。其趣不两，其于物无雳，若枝叶之附其根本，则贾谊之为也。其原出于屈平，断以正谊，不由其曼，其气则引费而不可执。循有枢，执有庐，颉滑而不可居，开决宦突，而与万物都，其终也芴莫，而神明为之橐，则司马相如之为也。其原出于宋玉。扬雄恢之，胁入窽出，缘督以及节，其超轶绝尘而莫之控也，其波骇石咢，而没乎其无垠也。张衡盱盱，块若有馀，上与造物为友，而下不遗埃墟。虽然，其神也充，其精也茶。及王延寿、张融为之，杰格桔枒，钩子敢牾，而俶佹可睹，其于宗也无蜕也。平敞通洞，博厚而中，大而无瓠，孙而无弧，指事类情，必偶其徒，则班固之为也。其原出于相如，而要之使夷，昌之使明。及左思为之，博而不沉，赡而不华，连犿焉而不可止。言无端厓，傲倪以为质，以天下为郭廓，入其中者，眩震而谬悠之，则阮籍之为也。其原出于庄周。虽然，其辞也悲，其韵也迫，忧患之词也。涂泽律切，荠薮纷悦，则曹植之为也。其端自宋玉，而枒其角，攦其牙，离其本，而抑其末。浮华之学者相与尸之，率以变古，曹植则可谓才士矣。掮掮乎改绳墨，易规矩，则佞之徒也。不掮于同，不独于异，其来也首首，其往也曳曳，动静与适，而不为固植，则陆机、潘岳之为也。其原出于张衡、曹植，矫矫乎振时之俊也。以情为里，以物为襟，镌雕风云，琢削支鄂，其怀永而不可忘也；坴乎其气，煊乎其华，则谢庄、鲍照之为也。江淹为最贤；其原出于屈平《九歌》。其掩抑沉怨，泠泠轻轻，其纵脱浮宕，而归太常，鲍照、江淹，其体则非也，其意则是也。逐物而不反，骋荡而驳舛，俗者之囿而古是抗。其言滑滑，而不背乎涂奥，则庾信之为也。其规步躩骤，则扬雄、班固之所引衔而控辔，惜乎拘于时而不能骋，然而其志达，其思哀，其体之变则穷矣。"此条于六朝前为兹体者之得失，言之详备。但其体之变既穷，势不能不归于清真古朴，是以刘彦和《文心雕龙·辨骚》篇，以屈宋为"惊采绝艳"，而叹"《九怀》以下，莫之能追"。洪景卢《容斋随笔》云："枚乘作《七发》，创意造端，丽旨腴词，上薄《骚》些，盖文章领袖，故为可喜。其后继之者，如傅毅《七激》，张衡《七辨》，崔骃《七依》，马融《七广》，曹植《七启》，王粲《七释》，张协《七命》之类，规仿太切，了无新意。傅玄又集之以为《七林》，使人读未终篇，往往弃诸几格。柳子厚《晋问》，乃用其体，而超然别立新机杼，汉晋文士之弊，于是一洗矣。东方朔《答客难》，自是文中杰出。扬雄拟之为《解嘲》，尚有驰骋自得之妙。至于崔骃《达旨》，班固《宾戏》，张衡《应间》，皆屋下架屋，与《七林》同。及韩退之《进学解》出，于是一洗矣。"由是说推之，韩、柳外如欧阳子《秋声赋》，虽曰小品，而情致未尝不缠绵。至东坡《赤壁》两赋，清旷夷犹，方望溪评之云："所见无绝殊者，而文境邈不可攀。良由身闲地旷，胸无杂物，触处流露，斟酌饱满，不知其所以然而然。岂惟他人不能摹仿，即使子瞻更为之，亦不能如此调适而鬯遂也。"学者参观，庶于兹体正变，可以综括靡遗乎！

箴铭类据曾文正《家训》云："凡箴以《虞箴》为最古，乃官箴也。如韩公《五箴》，程子《四箴》，朱子各箴，范浚《心箴》之属，皆失本义。"愚谓《诗·庭燎序》"美宣王也，因以箴之"，《国语·周语》载邵穆公言，亦有"师箴瞍赋"之语，是不特官箴，而下亦得箴其上也。至《宾之初筵》《抑戒》二诗，虽曰"刺时"，亦兼"自警"，则箴之义广矣。韩公以下诸箴未必不合。

序跋类莫古于《易》之《十翼》，其辞至为古茂。自《象》《彖》两传外，大率孔门诸弟子所为，观《系辞》称"子曰"凡二十有四、《文言》称"子曰"凡六，可见。他若《诗·关雎序》、郑康成《诗谱序》，气味渊雅，亦足嗣之。后世此类分数种。有曰"读"者，以韩、柳为最。故曾文正评韩公读《仪礼》《荀子》《墨子》《鹖冠子》四首云："矜慎之至，一字不苟。"方望溪评《读荀子》云："止如槁木。自周以后，惟太史公、韩退之有此，以所读皆周人之书也。"又《书柳文后》云："柳子厚文，惟读鲁论辩诸子、记柳州近治山水诸篇，纵心独往，一无所依藉，乃信可肩随退之，而峣然于北宋诸家之上。退之称子厚文必传无疑，以其久斥后为断，正谓诸篇。"又评《鲁论辩》云："此二篇意绪风规，退之所未尝有。乃苦心深造，忽然而至此境。"又云:"标然若秋云之远,使人可望而不可即。如出自宋以后人,即所见到此,文境亦不能如此清深旷邈。"有为史序者,自太史公诸年表外,惟欧阳公《唐书》《五代史记》诸序为最。故茅鹿门评《五代史·职方考序》云:"数十年之间,易世者五,其所当州郡分割画次如掌。"方望溪评《唐书·艺文志序》云:"求其承接变换浑然无迹处,始知其笔妙而法精。"有为校书所上之序者,自刘子政《战国策序》外,莫如曾子固。故望溪云:"南丰之文长于道古,故序古书尤佳,而《战国策》《列女传》《新序》诸目录序为之最,纯古洁净,所以与欧、王并驱,而争先于苏氏也。"有上其自撰之书而为之序者,莫如王介甫《三经义序》。故望溪称其文"清深高雅"。又云:"指意虽未能尽于义理,而词气芳洁,风味邈然,于欧、曾、苏氏诸家外,别开户牖。"有为他人文集作序者,莫如欧阳公,而《二释序》尤胜。故望溪云:"古之能文事者,必绝依傍。韩子《赠浮屠文畅序》,以儒者之道开之;《赠高闲上人序》,以草书起之,而亦微寓箴石之意。若更袭之,览者惟恐卧矣。故欧公别出义意,而以交情离合缨络其间,所谓各据胜地也。"若夫退之《张中丞传后序》,夹叙夹议,望溪谓其"生气奋动处,不学《史记》而自与之相近"。然于诸序中,盖又为一格云。

大抵诸类之体虽殊,然必命意、布局、行气、遣词则一。是故忌平铺直叙,须有反正,有开合,有宾主,凡题之正面,不宜絮衍,盖所谓反与开与宾,无非托出正面也。又有恐意不明而用譬喻者，《战国策》及《孟》《庄》《韩非》诸子最工，其短者一两句，不嫌于短；而长者数行或十数行，亦不觉烦。此莫贵于新颖亲切。惟新颖乃有趣；惟亲切乃能使读者当下豁然。故《论语》曰："能近取譬。"（《泰伯》）《礼记》曰："罕譬而喻。"（《学记》）若但用习见语为之，岂复有味？洪景卢《容斋三笔》云："韩、苏两公为文章，用譬喻处，重叠有至七八者，韩公《送石洪序》云：'论人高下、事后当成败，若河决下流东注；若驷马驾轻车就熟路，而王良、造父为之先后也；若烛照数计而龟卜也。'《盛山诗序》云：'儒者之于患难，其拒而不受于怀也，若筑河堤以障屋；其容而消之也，若水之于海，冰之于夏日；其玩而忘之以文辞也，若奏金石以破蟋蟀之鸣、虫飞之声。'苏公《百步洪》诗云'长洪斗落生跳波，轻舟南下如投梭。水师绝叫凫雁起，乱石一线争磋磨。有如兔走鹰隼落，骏马下注千丈坡。断弦离柱箭脱手，飞电过隙珠翻荷'之类是也。"愚谓韩公《原道》引夏葛、冬裘、渴饮、饥食以诘老氏，茅鹿门谓"正譬杂逻，各无数语，笔力天纵"。他若《争臣论》云："圣贤者，时人之耳目也；时人者，圣贤之身也。"《守戒》既引猛兽、穿窬为强藩之喻，末又云："贲育之不戒，童子之不抗，鲁鸡之不期，蜀鸡之不支。"下复接之以鹿之于豹一喻。《进学解》以匠氏、医师陪出宰相之用才。《送穷文》云："携持琬琰，易一羊皮，饫于肥甘，慕彼糠糜。"语皆奇警。苏氏父子造句不及韩公之古，而构想亦妙，或更引古语古事为证。盖经营惨淡，各具匠心，非熟读深思，乌能穷其变化哉！

告 语

告语门之文,就姚、曾二家所定合观之,有五类:其上告下者曰诏令,下告上者曰奏议,同辈相告者曰书牍,曰赠序,人告于鬼神者曰哀祭。前四类毗于说理说事者为多,而述情亦存乎其中;后一类毗于述情者为多,而理与事亦存乎其中。试评于后。

诏令类莫古于《尚书》誓、命、诰三体。今观《甘誓》《汤誓》《文侯之命》等篇,何其简而明也!《吕刑》之哀矜恻怛,《盘庚》《大诰》《多士》《多方》之委曲详尽,亦极其胜。《费誓》可以见周公家学。《秦誓》意沉痛而语亦骏迈。后世帝王,惟汉初诏为之冠。故惜抱先生云:"秦最无道而辞则伟。汉至文、景,意与辞俱善矣,后世无及焉。光武以降,人主虽有善意,何其衰薄也!"然愚观《光武赐窦融书》,犹可与文帝《赐南越王书》比美;章帝《诏三公》,亦不减文帝《除肉刑》、宣帝《令二千石察官属》诸诏。特晋以后尤逊耳,就中惟陆敬舆《拟奉天改元大赦制》与欧、曾所拟诸制,能存典则而协机宜。

若夫檄文,未有善于司马长卿《谕巴蜀檄》、韩退之《祭鳄鱼文》者,盖一则雄深,一则矫健也。至陈孔璋为袁檄曹、为曹檄孙,文非不妙,而丑诋之辞,或至失实;以钟士季(会)《伐蜀檄》较之，似彼尚持平。若家教，则马伏波（援）、郑康成、诸葛武侯（亮）为最优矣。

奏议类莫古于《尚书·皋陶谟》。此篇自当从《今文尚书》与《益稷》合为一篇。盖皋陶言"思日赞赞"与禹言"思日孜孜"正相衔接，禹所陈即申皋陶之旨。末载赓歌，君臣交儆，千载下如闻其声。厥后召公作《召诰》，周公作《无逸》《立政》，词意亦同。三代下，惟路长君（温舒）《尚德缓刑》、匡稚圭（衡）《戒妃匹劝经学威仪之则》两疏、诸葛公《出师表》，足以嗣之。但此等非酝酿深纯不能为，故学者所当法者惟三家，曾文正公言之矣。其评贾长沙《陈政事疏》云："奏疏以汉人为极轨，而气势最盛、事理最显者，尤莫善于《治安策》，故千古推为绝唱。贾生为此疏，当在文帝七年，年仅三十岁耳，于三代及秦治术，无不贯澈，汉家中外政事，无不通晓，盖有天授。奏疏以明白显豁、人人易晓为要。后世读此文者，疑其称名甚古，其用字甚雅，若仓卒不能解者。不知在汉时乃人人共称之名，人人惯用之字，即人人所能解也。然则居今日而讲求奏章，亦用今日通称之名、通用之字，可矣。"其评《陆宣公集》云："骈体文为大雅所羞称，以其不能发挥精义，并恐以芜累伤气也。陆公文则无一句不对，无一字不谐平仄，无一联不调马蹄。而义理之精，足以比隆濂、洛；气势之盛，亦堪方驾韩、苏。退之本为宣公所取士；子瞻奏议，终身效法陆公。而公之剖晰事理精当，则非韩、苏所能及。"其评苏子瞻《代张方平谏用兵书》云："东坡之文，其长处在征引史事，切实精当；又善设譬喻，凡难显之情，他人所不能达者，坡公辄以譬喻明之。此文以屠杀膳羞，喻轻视民命；以箠楚奴婢，喻上忤天心，皆巧于构想，他人所百思不到者，既读之而适为人人意中所有。古今奏议，推贾长沙、陆宣公、苏文忠三人为超前绝后。余谓长沙明于利害，宣公明于义理，文忠明于人情。陈言之道，纵不能兼明此三者，亦须有一二端明达，庶无格格不吐之态。"又评《上皇帝书》云："奏疏总以明显为要。时文家有典、显、浅三字诀；奏疏能备此三字，则尽善矣。典字最难，必熟于前史之事迹，并本朝掌故，乃可言典。至显、浅二字，则多本于天授，虽有博学多闻之士，而下笔不能显豁者，多矣。浅字与雅字相背。白香山诗务令老妪皆解，而细求之，皆雅饬而不失之率。吾尝谓奏疏能如白诗之浅，则君上易感动。此文虽不甚浅，而典、显二字则千古所罕见也。"又黄东发《日抄》于长沙云："贾生论汉事，如分王诸侯等，后卒如其说，真洞识天下之大势者也。"于东坡云："苏氏之文，尤长于指陈世事；述叙民生疾苦，发越恳到，能使岩廊崇高之地，如亲见闾阎哀痛之情。"所见亦同。

书说类自《尚书·君奭》外，莫古于《左传》《郑子家与赵宣子书》《子产告范宣子书》《叔向贻子产书》。其后乐毅《报燕惠王书》、太史公《报任安书》、刘子骏（歆）《移让太常博士书》，皆大文也。而孔文举《论盛孝章》、魏文帝《与吴质》、曹子建《与杨德祖》、邱希范（迟）《与陈伯之》诸篇，气韵亦美。曩阅曾文正《日记》有云："古文中唯书牍一门，竟鲜佳者。八家中韩公差胜，然亦非书简正宗。唯诸葛武侯、王右军（羲之）书翰，风神高远，最惬吾意，然患太少，且乏大篇。"颇不喻其旨。后取其所评韩公诸篇绎之，盖于《与孟尚书书》云："此为韩公第一等文字。"于《与鄂州柳中丞书》云："文气绝劲。"于第二书云："论事之文，不逊贾、晁。"于《答崔立之书》云："前半述己隐忍就试之由，中间鸣其悲愤，后幅写其怀抱，视世绝卑，自负绝大，极用意之作。"于《与崔群书》云："'自古贤者少不肖者多'节，悲感交集。'人固有薄卿相之官'节，愤极出奇想，沉痛至矣。'仆无以自全活'节，绝沉痛。"于《答吕毉山人书》云："绝兀傲自负。"于《答李秀才书》云："义深而文淡永。"于《与孟东野书》云："真气足以动千岁以下人。韩公书札不甚矜意者，其文尤至。"于《答尉迟生》云："傲兀自喜。"《与李翱书》云："'今而思之，如痛定之人思当痛之时'数句，能达难白之情。"于《与冯宿论文书》云："自负语绝沉著。"此皆其所推服者也。于《上襄阳于相公书》云："谀辞累牍，固不能工。"于《上宰相书》云："连用三'抑又闻'，义层出不穷。然究是少年才思横溢欠裁炼处，故文气不遒也。"于后二书云："皆可不作。"于《重答李翊书》云："韩公文如主人坐于堂上，而与堂下奴子言是非。然不善学之，恐长客气。"于《与少室李拾遗书》云："敦谕隐士之文，以六朝骈文为雅；若散文则三四行已足，如两汉中诸小简可也。"此则其所不甚满意者。由此推之，欧、曾、苏、王四家，可诵者多不过三四篇，少止一二篇，而苏氏或过驰骋而少馀味，曾说未可谓诬。

赠序类之在古人者言多简，故仅存记事文中。及退之为之乃多，或深微屈曲，如《送董邵南》之属；或生动飞扬，如《送杨少尹》之属；或奇奥，如《送郑尚书》之属；或滑稽，如送温、石二处士之属。先姜坞公《援鹑堂笔记》云："宋人作序，前多有冒头，序其原由。惟昌黎不然，辟头涌来，是其雄才独出处。"又云："昌黎于作序原由，每能简洁，而文法硬札高古。欧、曾以下无之。"而曾文正评《送温处士赴河阳军序》首"伯乐一过冀北之野而马群遂空"句，乃云："此种起法，创自韩公。然不善为之，譬若唐人为官韵赋，往往起四句峭健壁立，施之于文家，则于立言之体大乖。汉文无起笔峭立者，按之固自有序也。"按曾氏之旨。盖恐人学之而成空套。与彼评《朝散大夫赠司勋员外郎孔君墓志铭》首"昭义节度使卢从史有贤佐曰孔君"句云："此等起法，惟韩公笔力警耸矫变，无所不可；若他手为之，恐偾张而长客气。"同一用意。

哀祭类自《诗》之《颂》《楚辞》之《九歌》《招魂》外，莫如韩公。故《祭河南张员外》文，茅鹿门谓"奇崛战斗鬼神处，令人神眩"。先姜坞府君亦云："凄丽处独以健倔出之，层见叠耸，而笔力坚净。"《祭柳子厚文》曾文正云："峻洁直上，语经百炼，此种宋惟介甫与之近，欧、曾、苏皆不能为，其用四言少，用长短句多以此。"

大抵告语之文，体裁自与论著异；而所同者，则开合、呼应、操纵、顿挫之法也。试观短者如司马长卿《谏猎书》，《援鹑堂笔记》云："此篇真圣于文者！下面方似有说话，忽然止却，插入他说，忽然而接，变怪百出，而神气浑涵不露，虽以昌黎《师说》较之，且多圭角矣。"长者如司马子长《报任安书》，方望溪评之云："如山之出云，如水之赴壑，千态万状，变化于自然，由其气之盛也。"李申耆亦云："厚集其阵，郁怒奋势，成此奇观。"而譬喻之妙，曾氏于苏公奏议详评之。引证处吾最爱苏代《约燕昭王书》，通篇皆引秦往事，笔力奇肆，只末句说明事秦之为大患，以为结穴。刘子政《论甘延寿》等疏，亦历引古事汉事，而于末比较之曰："故言威武勤劳，则大于方叔、吉甫；列功覆过，则优于齐桓、贰师；近事之功，则高于安远、长罗。而大功未著，小恶数布，臣窃痛之。"

洪景卢《容斋随笔》云："当时匡衡、石显出力沮害，非此一疏援据明白，岂能与之亢哉！"若夫哀祭间有用词赋体者，贾谊《吊屈原》，汉武帝《悼李夫人》，是其例也。

记　载

　　文章必有义法，而记载门尤重。无论所录者，或关一代，或系一人，而事必有首尾，人必有精神。倘不知所剪裁，何由首尾昭融、精神发越乎？兹就姚、曾二家合观之，凡六类：一曰典志，二曰叙记，三曰杂记，四曰纪传，五曰碑志，六曰赞颂。试评于后。

　　典志类莫古于《尚书》之《禹贡》。其发端"禹敷土"三句，总冒全篇，继分叙九州，继合论大山大水，末及五服与境之四至。以盖世奇功，不过寥寥数字，何其约也！其中于地理、水道、物产、贡赋、封建，略无缺漏，而复及于土色之黄、白、黑、赤、青、黎，质之壤、坟、垆、埴、泥、涂，草木之繇、条、夭、乔、渐、包，与"桑上既蚕，篠簜既敷，阳鸟攸居"，盖趣之逸如此。自"导河积石"以下至"九州攸同"，才二百馀字，而用"南至"、"东至"、"北至"等凡数十，连属重垒，读之不觉其烦，又何其奇也！《周礼》五官，《仪礼》十七篇，文、武、周公致太平之迹具于是，其文之精密，亦无以加。太史公八《书》，以感时愤俗之怀，运于纵横变化之中，气之雄奇，非班固十《志》所能及；而固之详赡过之。是后惟欧阳子《唐书》诸《志》《五代史》诸《考》，差可颉颃。若文家，则自曾子固《越州赵公救灾记》

《序越州鉴湖图》二篇外，无闻焉。

　　叙记类莫古于《尚书》《金縢》《顾命》两篇。《金縢》自"既克商二年"至"王翼日乃瘳"为一大段，叙周公祷神事，以为后半张本。自"武王既丧"至末，又叙周公遭流言事。及"启金縢"乃回缴前半，笔力何等斩截！《顾命》自当从《今文尚书》，合《康王之诰》为一篇，前幅乃其起原，中段则传成王之命也，后幅则受命后见诸侯之事也。其间叙陈设之物与仪节，何等详细，又何等简质！初不知行事在何地，至"出庙门"句，始知其在庙中，此倒点法。末言"王释冕，反丧服"，又回缴前"王麻冕黼裳"句。通篇浑穆庄重，岂后人所能及！《左传》一书，旧依经以行。自章茂深（冲）就事联属之，为《春秋左氏传事类本末》。近世邹平马宛斯（骕）有《左传事纬》。吾友吴辟疆（闿生）复有《左传文法读本》。辟疆与李右周书云："《左传》记事，最长在总挈列国时势，纵横出入，无所不举。故局势雄远，包罗闳丽，二百馀年，天子诸侯盛衰得失，具见其中。"其体格与《尚书》同。至文法之奇，约有数端：一曰逆摄。吉凶未至，辄先见败征。此犹其易识者矣。至城濮之役，犹未战也，而芳贾质责子文，以痛子玉之败。三郤之难，犹未兆也，而范文子怒逐其子，以忧晋国之亡。此皆凭空特起，无所附著，荡骇心目，莫此为尤。故重耳之奔走流离，一亡公子耳，而所如皆有得国之气象。楚灵、夫差，方其极盛，踔厉中原，而势已不能终日。若此者，皆其逆摄之胜也。一曰横接。必然之势，无可避免，而语意所趋，未尝径落。惠公之擒也,先之以小驷;齐侯之败也,先之以辇蛇;共王之伤也,先之以射月;督戎之死也,先之以焚丹书。有所藉而后入,必有所附而后伸。若此者,皆其横接之胜也。一曰旁溢。蹇叔哭师,知其败之必于崤耳;而二陵风雨、后皋之墓,羍然有凭高吊古之思焉。徐关之入,勉保者以慎守耳;而子女之辟、锐司徒之问,殷然有家人父子之谊焉。推之华元"皤腹"之讴,以著其雅量;叔展"麦曲"之问,以极其艰穷;叔仪"佩蕊"之歌,以彰其匮竭,皆假轶事小文,肆为异采,则其横溢而四出者也。一曰反射。庄公之不子,则以颍考叔之孝彰之;齐豹之不臣,则以公孙青之谨形之;季孟之怯葼纵敌,则以冉有之义、公叔务人、林不狃之节形之;臧孙之无罪,则以东门遂、叔孙侨如之盟首形之;推之崔、庆、栾、高之乱齐,而以晏子正君臣之义;昭公之亡国,而以子家子主反正之策。言出于此,义涉于彼,如汤沃雪,如镜鉴幽。若此者,皆以相反而益著者也。先姜坞府君《援鹑堂笔记》亦云:"左氏之文,须看其摹画点缀,千古情事如睹,而天然葩艳,照映古今。"此外如《国策》叙次亦工。《援鹑堂笔记》谓其文凡有数种,如苏秦之辨,则形容炫耀;《齐宣王见颜斶》《触詟说赵太后》等,则淡远高妙。大抵此种书后世罕有逮者,惟《通鉴》剪截旧史,犹有法度可观耳。

杂记类莫古于《礼记·檀弓》《深衣》《投壶》三篇。《檀弓》记杂事;二篇则存古之遗制。《周礼·考工记》亦然。后世惟韩退之《画记》体与近之,故方望溪评之云:"周人以后无此种格力。欧公自谓不能为,所谓晓其深处;而东坡以所传为妄,于此见知言之难。"后晁无咎《捕鱼图记》又学《画记》，《援鹑堂笔记》评之云："虽错综变化，一齐读去，较之昌黎体势似缓，然自工。"柳子厚山水记，又一变词赋家富丽，而以华妙之笔，纳之古澹之中。故惜抱先生评之云："子厚间用《水经注》兴象，然岂郦道元所能逮？"黄东发《日抄》云："《柳集》惟晚年纪志人物，寄其嘲骂，模写山水，抒其抑郁，皆峻洁精奇，如明珠夜光，见辄夺目。"曾文正公《与吴南屏书》云："陶公及韦、白、苏、陆闲适之诗，雕刻物态，逸趣横生，读之栩栩焉神愉而体轻，惜古文家少此种。独柳子厚山水记，破空而游，并物我纳诸大适之域，非他家所有。若欧、苏、曾、王，以议论入之，或就情韵为文，于兹类盖为变调。"

纪传类于古惟《尚书》帝典为本纪发原；《中庸》昭明圣祖之德，为传状发原。《尧典》自当从《今文尚书》，合《舜典》为一，而南齐姚方兴后得之二十八字不足信。盖《尧典》末言帝以二女妻舜，文气未终，与"慎徽五典"相接，"序"所谓"历试诸艰"也。尧以"曰若稽古"起，以"殂落"终。舜以"有鳏在下"起，以"陟方"终，前后相承，如天衣之无缝，岂可从中截断？若夫《中庸》篇首自"性""道""教"说来，以千古率性、修道、立教，莫孔子若也。其后历引孔子论舜之大知，颜子之择乎中庸，子路之强，及舜之大孝，武王、周公之达孝，皆为仲尼作宾。至篇末至诚至圣，乃赞孔子，为一篇之归宿。及司马子长撰《史记》，而《纪》以年分，《传》以人分，遂为史家二体，其文章尤高妙。

故归震川《史记总评》云:"《史记》起头处,往往来得勇猛。"又云:"事迹错综处,太史公叙得来如大塘上打缏,千船万船不相妨碍。"又云:"《史记》只实实里说去,要紧处多跌宕,跌宕处多要紧。"又云:"虽跌宕又不是放肆。"又云:"跌宕如在峡中行,忽然跃起。"又云:"《史记》叙事时有捱几句似闲的说话,最妙!"又云:"叙事或追前说,或带后说,此是周到。"又云:"《史记》重垒处正不见重垒。"又云:"《史记》多旁支。凡旁支处只点景说,不是这等死煞说。"又云:"旁支如江水一直去,又有旁支,不是正论。"又云:"《史记》如人说话,本说他事,又带别样说。"又云:"太史公但至热闹处,就露出精神来了。如今人说平话者然,一拍手又说起,只管任意说去。"又云:"如说平话者,有兴头处,就歌唱起来。"又云:"《史记》如水平平流去,忽遇石激起来。"又云:"《史记》如两人说话堂上,忽撞出一人来,即挽入在内。"又云:"《史记》如平地忽见高山。"又云:"《史记》如画然,连山断岭,峰峦参差。"又云:"《史记》如地高高下下相因,乃去得长。"又云:"《史记》如作游山记然,本是说本处景致,乃云前有某山、后有某水等,乃为大家文字。他人文是一条鞭的。"又云:"他人之文,如临小画,非不工致;子长之文,如画《长江万里图》。"顾亭林《日知录》云:"秦楚之际,兵所出入之途,曲折变化,惟太史公序之如指掌。以山川郡国不易明,故曰东、曰西、曰南、曰北。一言之下,而形势了然。以关塞江河为一方界限,故于项氏则曰'梁乃以八千人渡江而西',曰'羽乃悉引兵渡河',曰'羽将诸侯兵三十馀万行略地至河南',曰'羽渡淮',曰'羽遂引东欲渡乌江'。于高帝则曰'出成皋玉门北渡河',曰'引兵渡河复取成皋'。盖自古史书兵事地形之详,未有过此者。太史公胸中固有一天下大势,非后代书生之所能及也。"《援鹑堂笔记》云:"太史公至处,班固不能到。即如《萧相国世家》'以帝尝繇咸阳时,何送我独赢奉钱二也'一句,太史公自语未了,忽入高帝口气,摹画玲珑,而文法奇绝。又如《平准书》叙文、景后,方入'至今上即位数岁',忽说'汉兴'云云,皆奇绝。且于文、景亦不说其盛处,至此方摹画之。如此乃可谓之涵蓄深远。"又云:"文字精神,至太史公方入神妙,班史但可谓旺相耳。"方望溪评《绛侯周勃世家》云:"绛侯安刘之功,具吕后、孝文《本纪》,故首叙战功,承以可属大事。其后独载惧祸遭诬事。条侯亦首叙将略,后独载争栗太子、抑王信二事。其父子久任将相,岂他无可言者乎?盖所纪之事,必与其人规枱相称,乃得体要。子厚以'洁'称太史,非独辞无芜累也;明于义法,而所称之事不杂,故气体为最洁也。"曾文正评《老庄韩非列传》云:"太史公传庄子曰:'大率皆寓言也。'余谓《史记》亦然。列传首《伯夷》,一以寓天道福善之不足据,一以寓不得依圣人以为师,非自著书,则将无所托以垂于不朽。次《管晏传》,伤己不得鲍叔者为之知己,又不得知晏子者为之荐达。此外如子胥之愤,屈、贾之枉,皆借以自鸣其郁耳,非以为古来伟人计功簿也。"又评《李将军列传》云'初,广之从弟李蔡'至'此乃将军所以不得侯者也'十馀行中，专叙广之数奇，已令人读之短气；此下接叙从卫青出击匈奴徙东道迷失道事，愈觉悲壮淋漓。若将从卫青出塞事叙于前，而以广之从弟李蔡一段议论叙于后，则无此沉雄矣。故知位置之先后，剪裁之繁简，为文家第一要义也。"凡此诸条，皆得要领。至《汉书》，则惜抱先生《与陈硕士书》所谓"佳篇皆在昭、宣以后"者，亦足尽所长。后代文家大抵书微者，或骨肉亲旧，少有大篇；然各有熔裁，未可忽也。

碑志类之可诵者，自李斯《泰山》《琅邪》《之罘》《碣石》《会稽》诸刻文始，厥后惟班孟坚《封燕然山铭》、元次山《大唐中兴颂》，庶足继之。而韩退之《平淮西碑》，尤为杰作。其庙碑、墓碑，在东汉者，大抵以高简之笔，行于俪语中。魏晋以降，乃渐轻靡。及退之变偶为奇，而谋篇变化，造句奇崛，遂为第一大手笔。宋诸家惟欧公有其情韵不匮处，故《援鹑堂笔记》云："欧文黄梦升、张子野墓志最工。而黄志尤风神发越，兴会淋漓。然皆从昌黎《马少监》出。而瑰奇绮丽，欧未之及也。"王有其法度谨严、笔力简峻处，故惜抱先生评退之《太原王君墓志铭》云："此文已开荆公志铭文法。"曾氏亦云："此篇先将官阶叙毕，然后申叙居某官、为某事，此等蹊径，介甫多学之。"要之两家各得一节，而未能尽其全量。况馀子乎？

赞颂类自《鲁颂》外，如《汉书》所载《房中》《郊祀》等歌，寓规于颂；其叙传则评骘古人，词皆深雅。他若扬子云、蔡伯喈（邕）、陆士衡、袁伯彦（宏）诸篇，亦称杰作。唐以后可诵者惟韩退之《子产不毁乡校颂》、柳子厚《伊尹五就桀赞》《平淮西雅》而已。

由斯以观，记载之文，全以义法为主。所谓义者，有归宿之谓；所谓法者，有起、有结、有呼、有应、有提掇、有过脉、有顿挫、有勾勒之谓。归氏《史记总评》云："晓得文章掇头，千绪万端文字，便可做了。"又云："作文如画，全要界画。"《援鹑堂笔记》云："文章须有'入不言兮出不辞'之意。"惜抱先生云："作文如小儿放纸鸢，愈放愈高，止在手中线牢耳。"（《吴先生点勘史记读本序》）方植之《昭昧詹言》云：凡作文，"于题面题绪及作旨归宿，必交代清楚"，"譬名家作画，无不交代谿径道路明白者"；然"又忌太分明"。又云："古人文法之妙，一言以蔽之曰：语不接而意接。俗人接则平顺呆塞，不接则直是不通。韩公曰：'口前截断第二句。'太白云：'云台阁道连窈冥。'须于此会之。"兴化刘融斋（熙载）《艺概》云：文章"不难于续，而难于断。先秦文善断，所以高不易攀。然抛针掷线，全靠眼光不走；注坡蓦涧，全仗缰辔在手。明断正取暗续也"。此等语宜深味之。

诗 歌

诗歌亦著述门之一类。但古今作者既众，而境之变化又多，大抵文中或论道，或叙事，或状物态，或抒性情，诗皆有之，兹不得不别为一篇，以评历代作者之得失，而备商榷焉。

昔王阮亭《古诗选》于五言云："乐府别是声调体裁，与古诗迥别。然汉人《庐江小吏》《羽林郎》《陌上桑》之类，叙事措语之妙，爱不能割。班姬《怨歌行》，卓氏《白头吟》，被之乐府，何非诗耶？至曹氏父子兄弟，往往以乐府题叙汉末事，虽谓之古诗亦可。"又云："齐梁以后，短句已是唐律、唐绝。"又云："《十九首》之妙，如无缝天衣。后之作者，顾求之针缕襞绩之间，非愚则妄。"又云："当涂之世，思王为宗。应、刘以下群附和之，惟阮公别为一派。司马氏之初，茂先、休奕（傅元字）、二陆、三张之属，概乏风骨。太冲挺拔，崛起临菑。越石（刘琨字）清刚，景纯豪俊，不减于左。三公鼎足，此典午之盛也。过江而后，笃生渊明，卓绝后先，不可以时代拘墟矣。"又云："宋代词人，康乐为冠；诸谢（混、瞻、惠连、庄）奕奕，迭相映蔚。明远篇体惊奇，在延年之上。谢之与鲍，可谓分路扬镳。"又云："齐有元晖独步一代，元长（王融字）辅之。自兹以外，未见其人。梁代右文，作者尤众。绳以风雅，略其名位，则江淹、何逊，足为两雄；沈约、范云、吴均、柳恽，差堪羽翼。固知此道真赏，论定不诬。非可以东阳、零陵（南齐时，约官东阳太守，云官零陵内史）身为佐命，遂堪劫持一代文柄也。"又云："陈朝寥寥，孝穆（徐陵字）称首。总持（江总字）流品，视徐未宜并论。然华实兼美，殆欲过之。子坚（阴铿字）芜累，愧其名矣。"又云："北朝魏、齐之间，颜介（之推）最为高唱。高敖曹（昂）短章，不减斛律金。二君可敌南朝沈庆之、曹景宗。（昂与金，北齐名将。昂有《征行》诗，王选已录。《敕勒歌》王题无名氏，据王闿运《八代诗选》即金作。庆之，宋将；景宗，梁将；并能为诗）至于邢（邵）、魏（收）之流，未强人意；刘昶、萧悫，逾淮不化，亦未易才。北周寥寥，仅得子渊（王褒字）、子山（庾信字），二人之才，一时瑜、亮。而钟仪之悲，开府（庾信入周后，官骠骑大将军开府仪同三司）为至矣。"又云："隋混一南北，炀帝之才，实高群下，《长城》《白马》二篇，殊不类陈、隋间人。杨处道（素）沉雄华赡，风骨甚遒，已辟唐人陈（子昂）、杜（审言）、沈（佺期）、宋（之问）之轨，馀子莫及。"又云："唐五言古诗凡数变。约而举之：夺魏晋之风骨，变梁陈之俳优，陈伯玉（子昂字）之力最大，曲江公（张九龄）继之，太白又继之。《感遇》《古风》诸篇，可追嗣宗《咏怀》、景阳（张协字）《杂诗》。贞元、元和间，韦苏州（应物官苏州刺史）古澹，柳柳州（宗元官柳州刺史）峻洁。"又云："明五言诗极为总杂，西涯（李东阳号）之流，原本宋贤；李、何以来，具体汉魏。平心论之，互有得失，未造古人。独高季迪（启）、皇甫子安兄弟（冲字子浚，涍字子安，汸字子循，濂字子约)、薛君采(蕙)、高子业(叔嗣)、徐昌国(祯卿)、华子潜(察)寥寥数公，窥见六代三唐作者之意。"于七言云："谢太傅(安)问王子猷(徽之)曰：'云何七言诗？'对曰：'"昂昂若千里之驹，泛泛若水中之凫"，此命名所自也。'"又云："七言始于《击壤歌》。《雅》《颂》之'维昔之富不如时'、'予其惩而毖后患'、'学有缉熙于光明'，至《临河》歌、《南山》歌以下，其辞匪一，皆七言之权舆也。"又云："《大风》《垓下》，肇自汉音；至武帝《秋风》《柏梁》，其体大具。曹子桓《燕歌行》，陈孔璋《饮马长城窟行》，皆唐作者之所本也。六朝惟鲍明远最为遒宕，七言法备矣。梁、陈、隋长篇颇多，而气不足以举其辞。沿及唐初，益崇繁缛。"又云："明何大复(景明)《明月篇序》谓'初唐四子之作，往往可歌，反在少陵之上'（长安城东有汉文帝霸陵，其南五里即乐游原，宣帝杜陵在焉。其东南又有陵，差小，许后所葬，曰少陵，即杜曲，杜甫《哀江头》诗云"少陵野老吞声哭"，又《曲江》诗云"杜陵幸有桑麻田"）。说者以为有功于风雅，韪矣。然遂以此概七言之正变则非也。二十年来，学诗者束书不观，但取王(勃)、杨(炯)、卢(照邻)、骆(宾王)数篇，转相仿效，肤词剩语，一唱百和，岂何氏之旨哉？"又云："开元、大历诸作者，七言始盛，王(维)、李(颀)、高(适)、岑(参)四家，篇什尤多。李太白驰骋笔力自成一家。大抵嘉州(岑参官嘉州刺史)之奇峭，供奉(李白官翰林供奉)之豪放，更为创获。"又云："诗至工部，集古今之大成，百代而下，无异词者。七言大篇，尤为前所未有，后所莫及，盖天地之奥，至杜而始发之。"又云："杜七言千古标准，自钱（起）、刘（长卿）、元（稹）、白（居易）以来，无能步趋者。贞元、元和间学杜者，惟韩文公一人耳。"又云："宋承唐季衰陋之后，至欧阳文忠公，始拔流俗，七言长句，高处直追昌黎，自王介甫辈，皆不及也。《庐山高》一篇，公所自负，然殊非其至者。"又云："究公之后，学杜、韩者，王文公为巨擘，七言长句，盖欧阳公后劲，苏、黄前茅，特其妙处，微不逮数公耳。"又云："欧阳公见苏文忠公，自谓'老夫当放此人出一头地'，盖非独古文也，唯诗亦然。文忠公七言长句之妙，自子美、退之后，一人而已。文定（子由谥）视文忠，邠、莒矣。"又云："苏文忠公凌跨千古，独心折山谷之诗，数效其体，前人之虚怀如此。后世腐儒乃谓东坡与山谷争名，何其陋耶？山谷虽脱胎于杜，顾其天姿之高，笔力之雄，自辟门户。宋人作《江西诗派图》，极尊之，配食子美，要亦非山谷意也。"又云："元祐文章之盛，推'苏门六君子'（山谷、张耒、秦观、晁补之、陈师道、李廌）。黄尝自负其诗在晁、张之上。顾无咎七言佳处，颇得文忠之逸。叔用（晁冲之字）《具茨集》，寥寥无多；一鳞片甲，殆高出无咎之上。议者以为惟陆务观能仿佛之，非过论也。"又云："南渡气格，下东都远甚，惟陆务观为大宗。七言逊杜、韩、苏、黄诸大家，正坐'沈郁顿挫'少耳。要非馀人所及。"又云："南渡以后，程学盛于南，苏学盛于北。金元之间，元裕之（好问字）其职志也。七言妙处，或追东坡而轶放翁。"又云："元诗称虞、杨、范、揭。道园（虞集号）自负如汉庭老史。愚数观《学古录》，其诗诚非三家所及，恨篇什稍寡耳。刘静修刻画山水，间有可采。"又云："元诗靡弱，自虞伯生（虞集字）而外，唯吴立夫长句，瑰玮有奇气。虽疏宕或逊前人，视杨廉夫（维桢）之学飞卿、长吉（李贺字），区以别矣。"又云："有明一代，作者众多。七言长句，在明初则高季迪、张志道（以宁）、刘子高（嵩）为最，后则李宾之（东阳）。至何、李学杜，厌诸家之坦迤，独于沉郁顿挫处用意，虽一变前人，虽称复古，而同源异派，实皆以杜氏为昆仑墟。"

阮亭又尝因洪文敏（景卢谥）《万首唐人绝句》，惟务取盈，颇嫌芜杂，因约选八百九十五首。于五言云："五言初唐王勃独为擅场。盛唐王（维）、裴（迪）辋川唱和，工力悉敌，刘须溪（辰翁）有意抑裴，谬论也。李白气体高妙。崔国辅源本齐梁。韦应物本出右丞，加以古澹。后之为五言者，于此数家求之，有馀师矣。"于七言云："七言初唐风调未谐。开元、天宝诸名家，无美不备，李白、王昌龄尤为擅场。昔李沧溟（攀龙）推'秦时明月汉时关'一首压卷，余以为未允。必求压卷，则王维之'渭城'、李白之'白帝'、王昌龄之'奉帚平明'、王之涣之'黄河远上'，其庶几乎。而终唐之世绝句，亦无出四章之右者矣。中唐之李益、刘禹锡，晚唐之杜牧、李商隐，四家亦不减盛唐作者云。"又云："王弇州（世贞）云：'七言绝句，少伯（王昌龄字）与太白争胜，俱是神品。'"又云："七言绝盛唐主气，气完而意不甚工；中晚唐主意，意工而气不甚完。然各有至者，未可以时代优劣也。"此论甚确。

以上所录阮亭论诗之语，亦綦详矣。惟所选五古，不及杜公。惜抱先生《与管异之（同）书》云："阮亭诗法，五古只以谢宣城为宗（朓尝官宣城太守），七古只以东坡为宗。"又《与陈硕士书》云："阮亭于五古不选杜诗，此是自度才力不堪以为大家，而天下士之堪学杜者亦罕见，故不以之教人。"然果如此，则七古又何为选杜公耶？若谓五古止当以汉魏六朝为宗，又何为《渔洋集》中拟杜者复不少耶？窃谓此自是阙处。又未选律体，惜翁补之，而有《五七言今体诗钞》。其于五言云："声病之学，肇于齐梁。以是相沿，遂成律体。南北朝迄隋诸诗人警句，率以俪偶调谐，正可谓之律耳。"又云："唐人陈拾遗（子昂官右拾遗）、杜修文（审言官修文馆直学士）、沈、宋、曲江，为开元以前之杰。"又云："盛唐人诗，固无体不妙，而尤以五言律为最；此体中又当以王、孟为最。以禅家妙悟论诗者，正在此耳。"又云："盛唐人禅也，太白则仙也，于律体中，以飞动票姚之势，运旷远奇逸之思，此独成一境者。"又云："杜公今体四十字中，包涵万象，不可谓少。数十韵、百韵中，运掉变化如龙蛇，穿贯往复如一线，不觉其多。读五言至此，始无馀憾。"又云："中唐大历诸贤，尤刻意于五律，其体实宗王、孟，气则弱矣，而韵犹存。贞元以下，又失其韵，其有警拔，盖亦希矣。"又云："晚唐之才固愈衰，然五律有望见前人妙境者，转贤于长庆诸公，此不可以时代限也。元微之首推子美长律，然与香山皆以多为贵，精警阙焉。惟玉谿生（李商隐号）乃略有杜公遗响耳。"于七言云："夫文以气为主。七言今体句引字赊,尤贵气健。如齐梁人古色古韵,夫岂不贵,然气则蹶矣。杨升庵专取为极则,此其所以病也。初唐诸君,正以能变六朝为佳,至'卢家少妇'一章,高振唐音,远包古韵,此是神到之作,当取冠一朝矣。"又云:"右丞七律能备三十二相,而意兴超远,有'虽对荣观燕处超然'之意,宜独冠盛唐诸公。于鳞(李攀龙字)以东川(李颀号)配之,此一人私好,非公论也。"又云:"杜公七律,合天地之元气,包古今之正变,不可以律缚,亦不可以盛唐限者。"又云:"大历十子,以随州(刘长卿官随州刺史)为最。其馀诸贤,亦各有气调。至于长庆,香山以流易之体,极富赡之思,非独俗士夺魄,亦使胜流倾心。然滑俗之病,遂至滥恶,后皆以白傅(居易以太子少傅进冯翊县侯)为藉口矣。非慎取之,何以维雅正哉!"又云:"玉谿生虽晚出,而才力实为卓绝,七律佳者,直欲远追拾遗(杜甫于至德中拜右拾遗);其次者犹足近掩刘(禹锡)、白(居易)。第以矫敝滑易,用思太过,而僻晦之敝又生。要不可不谓之诗中豪杰士矣。温(庭筠)诗于玉谿为陪台,非可与并立也。"又云:"唐末诗人,才力既异于前,而习俗所移,又难振拔,故杰出益少;然亦未尝无佳句也。"又云:"'西昆'诸公之拟玉谿,但学其隶事耳,殊滞于句下,都成死语。其馀宋初诸贤,亦皆域于许浑、韦庄辈境内。欧公诗学昌黎,故于七律不甚留意。荆公则颇留意矣,然亦未造殊妙。"又云:"东坡天才有不可思议处,其七律只用梦得(刘禹锡字)、香山格调,其妙处,岂刘、白所能望哉!山谷刻意少陵,虽不能到,然其兀傲磊落之气,足与古今作俗诗者澡瀹胸胃,导启性灵。"又云："放翁激发忠愤，横极才力，上法子美，下揽子瞻，裁制既富，变境亦多，其七律固为南渡后一人。其馀如简斋、茶山、诚斋诸贤，虽有盛名，实无超诣。"

　　以上所录惜翁论诗语与阮亭参观，各体略备。阮亭未选明诗，惜翁则止于南宋。然《与陈硕士书》则教之从李、何、王、李入手。先姜坞府君《援鹑堂笔记》云："《古诗十九首》，浑然天成，岂可摹仿！然观李、何诸公诗，转复读之，其妙愈出，譬诸学书者只见石刻，后观真迹，盖见神骨之不易几也。"

　　自来评诗，莫古于钟仲伟《诗品》。及宋而说益繁。兹以王、姚二家为先导。此外如苏子瞻评司空表圣（图）诗"棋声花院闭，幢影石坛高"，以为"虽工而寒俭有僧态"。"杜子美'暗飞萤自照，水宿鸟相呼。四更山吐月，残照水明楼'，则才力富健，去之远矣"。叶少蕴《石林诗话》云："老杜变化开阖，出奇无穷，殆不可以形迹捕诘。如'江山有巴蜀，栋宇自齐梁'，远近数千里，上下数百年，只在'有'与'自'字间。而吐吞山水之气，俯仰古今之怀，皆见于言外。"《援鹑堂笔记》云："魏武帝苍健而朴，子桓藻艳，子健浑迈，得文质之中。公干气较紧而狭。仲宣局面阔大。嗣宗高迈。"又云："杜、陶相对，而李不及。"又云："韦自在处过于柳，然病弱；柳雄健，以能文故也。"又云"老杜自称其诗'沈郁顿挫'（《唐书》载甫《上玄宗疏》）。所谓'顿挫'者，欲出而不遽出，字字句句，持重不流。"张文端公（英）《聪训斋语》云："唐诗如缎如锦，质厚而体重，文丽而丝密，温醇尔雅。宋诗如纱如葛，轻疏纤朗，便娟适体。中年作诗，断当宗唐；若老年阑入于宋，势所必至。五律断无胜于唐人者，如王、孟五言，两句便成一幅画。"方植之《昭昧詹言》云：七律起句"忌用宋人轻侧之笔"，须"以唐人'高馆张灯酒复清'、'风急天高猿啸哀'、'玉露凋伤枫树林'为法"。"又有一起四句将题绪叙尽，后半换笔、换意、扬势"者。但五、六句转势，"不如仍挺起作扬势"。"结句大约别出一层，补完题蕴，须有不尽远想"，然"不可执着"。又云：七言长篇，不外叙、写、议三法。又云：五古宜先学鲍、谢，七律宜从摩诘（王维字）、东川、义山、山谷入门，七古宜从昌黎入。学者合观之，于诗学思过半矣。

若夫词曲，据《四库全书总目》云："此二体在文章技艺之间，厥品颇卑。然《三百篇》变而古诗，古诗变而近体，近体变而词，词变而曲。层累而降，莫知其然。究厥渊源，实亦乐府之馀音，风人之末派也。"又张皋文《词选序》云："自唐之词人，李白为首。其后韦应物、王建、白居易、刘禹锡之徒，各有述造，而温庭筠最高。五代之际，孟氏、李氏君臣为谑，竞变新声，词之杂流由是作矣。至其工者，往往绝伦。亦如齐梁五言，依托魏晋，近古然也。宋之词家，号为极盛。然张先、苏轼、秦观、周邦彦、辛弃疾、姜夔、王沂孙、张炎，渊渊乎文有其质焉。若柳永、黄庭坚、刘过、吴文英，亦各引一端，以取重于当世。而后进弥以驰逐，破碎奔析，坏乱不可纪。故自宋之亡而正声绝，元之末而规矩隳。"此两条附录于后，以见梗概。

卷 三

性 情

　　《左传》载鲁叔孙豹之言云："太上立德，其次立功，其次立言。"（襄二十四年）韩退之《答刘正夫书》云："若圣人之道，不用文则已；用，则必尚其能者。能者非他，能自树立、不因循者是也。"夫曰"立言"，曰"能自树立"，皆不肯依傍他人之辞也。故《史记·太史公自序》云："成一家之言。"魏文帝《典论》称徐伟长："唯干著论，成一家言。"《与吴质书》云："伟长著《中论》二十馀篇，成一家之言"，"足传于后。"陈思王《与杨德祖书》云：将"成一家之言"。黄山谷《以右军书赠邱十四》诗云："随人作计终后人，自成一家始逼真。"盖自成一家，而后谓之"立言"，谓之"能自树立"，其性情乃可著之天下后世。何谓性情？《白虎通·性情》篇云："性者阳之施，情者阴之化也。人禀阴阳气而生，故内怀五性六情。情者，静也；性者，生也。此人所禀六气以生者也。"又云："五性者，仁、义、礼、智、信也。六情者，喜、怒、哀、乐、爱、恶，所以扶成六性。夫人性内函，而外著为情。其同焉者，性也；其不同焉者，情也。惟情有不同，斯感物而动。性亦不能不各有所偏。"故刚柔缓急，胥于文章见之。苟不能见其性情，虽有文章，伪焉而已，奚望不朽哉！《文心雕龙·情采》篇云："夫铅黛所以饰容，而盼倩生于淑姿；文采所以饰言，而辨丽本于情性。故情者文之经，辞者理之纬；经正而后纬成，理定而后辞畅：此立文之本源也。昔诗人篇什，为情而造文；辞人赋颂，为文而造情。何以明其源？盖《风》《雅》之兴，志思蓄愤，而吟咏情性，以讽其上，此为情而造文也。诸子之徒，心非郁陶，苟驰夸饰，鬻声钓世，此为文而造情也。故为情者要约而写真，为文者淫丽而烦滥。而后之作者，采滥忽真，远弃《风》《雅》，近师辞赋，体情之制日疏，逐文之篇愈盛。故有志深轩冕，而泛咏皋壤；心缠几务，而虚述人外。真宰弗存，翩其反矣。夫桃李不言而成蹊，有实存也；男子树兰而不芳，无其情也。夫以草木之微，依情待实；况乎文章，述志为本。言与志反，文岂足征？"斯言也，真搔着痒处矣。近世益都赵秋谷（执信）《谈龙录》云："文中宜有人在。"吾邑方植之《昭昧詹言》云："诗中须有我。"意正相同。

盖既为文学家，必独有资禀，独有遭际，独有时世，著之于辞，彼此必不能相似。《文心雕龙·体性》篇论文有八体，而云："功以学成，才力居中，肇自血气。气以实志，志以定言。吐纳英华，莫非情性。是以贾生俊发，故文洁而体清；长卿傲诞，故理侈而辞溢；子云沉寂，故志隐而味深；子政简易，故趣昭而事博；孟坚雅懿，故裁密而思靡；平子淹通，故虑周而藻密；仲宣躁锐，故颖出而才果；公干气褊，故言壮而情骇；嗣宗俶傥，故响逸而调远；叔夜俊侠，故兴高而采烈；安仁轻敏，故锋发而韵流；士衡矜重，故情繁而辞隐。触类以推，表里必符。岂非自然之恒资，才气之大略哉！"此言各有其资禀也。若夫韩退之《送孟东野序》，谓东野与李翱、张籍之鸣信善，"抑不知天将和其声，而使鸣国家之盛耶？抑将穷饿其身，思愁其心肠，而使自鸣其不幸耶？"此言人生遭际，或穷或达；而文章之体，因之而分。是故达而在上，则有如班孟坚所谓"抒下情而通讽谕，宣上德而尽忠孝，雍容揄扬，著于后嗣者"（《两都赋序》）。穷而在下，则有如欧阳永叔所谓"凡士之蕴其所有，而不得施于世者，多喜自放于山巅水涯，外见虫鱼草木风云鸟兽之状类，往往探奇怪；内有忧思感愤之郁积，其兴于怨刺，以道羁臣寡妇之所叹，而写人情之难言者"（《梅圣俞诗集序》）。尹师鲁《答邓州通判韩宗彦寺丞书》云："阁下方以才名为士林推重，当世名卿巨儒，凡与游者，其作为文章，莫不道圣功，扬德音，如观乐于宗庙，和平啴缓，无不得其宜。若夫废放之人，其心思以深，故其言或窘或迂，或激或哀，异此则非本于情，矫为之也。譬诸急弦促轸，乌足留大雅之听哉！"此言忧乐之不能强同，尤为亲切。至于时世所值，与文章更有莫大之关系。凡切于时世者，其文乃为不可少之文；若不切者，虽工亦可不作。昔惜抱先生《贾生明申商论》云："冬必裘而夏必绤者，时也。齐甘苦酸辛咸时御之者，和也。诸葛武侯当先主之时，宽法孝直，救李邈、张裕，其用意一出于仁慈；乃以申、韩之书教后主，知其所不能也。贾生告文帝以髋髀之所，非斤则斧，意亦犹是；然使述此于景、武之时，则与处烈火而进翣者何以异？盖景帝之天资固薄矣，提杀吴太子于嬉戏，疏张释之而诛周亚夫，其资如此，而晁错又以申、商进之，何怪有吴楚之难！"此言立论之必当乎其时也。又梅伯言《答朱丹木书》云："文章之事，莫大乎因时立言。吾言于此，虽其事之至微，物之甚小，而一时朝野之风俗好尚，皆可因吾言而见之。使为文于唐贞元、元和时，读者不知为贞元、元和人，不可也；为文于嘉祐、元祐时，读者不知为嘉祐、元祐人，不可也。韩子曰：'惟陈言之务去。'岂独其词之不可袭哉？夫古今之理势，固有大同者矣；其为运会所移，人事所推演，而变异日新者，不可穷极也。执古今之同，而概其异，虽于词无所假者，其言亦已陈矣。"吴挚甫先生亦告永朴云："凡儒、释之辨，朱、陆、汉、宋之争，在始言之者，因其时说之方炽，故为卓识正论；若今日取而覆衍之，虽欲不谓之腐，得乎？"综观诸条，庶可以知文章必根乎性情之故矣。

是故有志学文者，其始必力求与古人相似，而不能不从事于摹仿。观惜抱先生《跋刘海峰诗》云："海峰先生诗，初犹有摹古之痕。入黟以后所作，如鲲化为鹏，超然九万里矣。夫古今暌绝，以今追昔，非拟学何由得近？才高者取其精华，才卑者获其糟粕；功深者化其痕迹，功浅者滞于形模。此在昔人集中，亦多利病互见耳，不得以长覆短，亦不得以短覆长。世之陋才，力不能追希古哲，苟尔成篇，义猥词鄙，反以脱化自矜，遗哲匠之巨材，訾一端之小失，欺诬后生，荡灭型矩，此文运之所以衰也。"《与管异之书》云："今人诗文，不能追企古人，亦是天资逊之，亦是涂辙误而用功不深也。若涂辙既正，于古人最上一等文字，谅不可到；其中下之作，非不可到也，昌黎不云'其用功深者其收名远'乎？近世人习闻钱受之（谦益）偏论，轻讥明人摹仿。文不经摹仿，亦安能脱化？观古人之学前古，摹仿而浑妙者自可法，摹仿钝滞者自可弃，虽扬子云亦当以此义裁之，岂但明贤哉？"《与伯昂从侄孙（元之）书》云："近人每云作诗不可摹拟，此似高而实欺人之言也。学诗文不摹拟，何由得入？须专摹拟一家，已得似后，再拟一家。如是数番之后，自能熔铸古人，自成一体。若初学不能逼似，先求脱化，必全无成就。譬如学字而不临帖，可乎？"曾文正公《家训》云："作文宜摹仿古人间架。《诗经》造句之法，无一句无所本。《左传》之文，多现成句调。扬子云为汉代文宗，而其《太玄》摹《易》，《法言》摹《论语》，《方言》摹《尔雅》，《十二箴》摹《虞箴》，《长杨赋》摹《难蜀父老》，《解嘲》摹《客难》，《甘泉赋》摹《大人赋》，《剧秦美新》摹《封禅文》，《谏不许单于朝书》摹《国策·信陵君伐韩》，几于无篇不摹。即韩、欧、曾、苏诸巨子之文，亦皆有所摹拟，以成体段。作文作诗赋，均宜心有摹仿，而后间架可立，其收效较速，其取径较便。"此皆言摹拟古人而求与之似，乃初学不可不历之阶级也。其继又必求与古人不相似，而不可但以摹拟为工。观顾亭林《日知录》云："近代文章之病，全在摹仿。即使逼肖古人，已非极诣，况遗其神理，而得其皮毛者乎？且古人之文，时有利钝，若弃其所长而师其所短，为害尤甚。"又云："诗文之所以代变，有不得不然者。一代之文，沿袭已久，不容人人皆道此语。今且千数百年矣，而犹取古人之陈言，一一而摹仿之，以是为诗，可乎？故不似则失其所以为诗，似则失其所以为我。李、杜之诗，所以独高于唐人者，以其未尝不似而亦未尝似也。"惜抱先生《古文辞类纂序》云："文士之效法古人，莫善于退之。尽变古人之形貌，虽有摹拟不可得而寻其迹也。其他虽工于学古，而迹不能忘。扬子云、柳子厚于斯盖尤甚焉。以其形貌之过似古人也，而邋摭之，谓不足与于文章之事，则过矣；然遂谓非学者之一病，则不可也。"又《题怀宁江七峰（尔维）诗卷》云："学古人在得其神理，不可袭其面目。李、杜诗不得其神理，殊成粗率。今亦无他法，但熟读之，必求得其解而已。又须观后贤所以学前贤之法。如学杜莫善于昌黎，昌黎岂遂偷杜一字一句乎？学李者莫善于东坡，东坡岂遂肯用'噫吁嚱'等调乎？学杜但贵得其雄浑处，沉著处，兀傲不测处；学李但贵得其豪纵处，洒脱自在处，飘逸处。又须将我之性情、识解、学问运入，当其下笔，若不知有李、杜然，兹乃妙矣。"此又言摹拟而与古人太相拟，究不可谓非文章之病，故不能不求其脱化也。昔董文敏公（其昌）论书法云："其始必与古人合，其后必与古人离。"诗文书画，盖同一理。是以惜翁《与方植之书》又尝总论之云："大抵学古人必始而迷闷，苦毫无似处；久而能似之；又久而自得，不复似之。若初不知有迷闷难似之境，则其人必终身无望矣。"而管异之《答侯念勤书》云："后人为文不能不师古，上者神合之，次者貌肖之，最下者贩其辞。今足下作文一篇耳，而叠用陈寿《进诸葛集表》《汉书·王莽传赞》、贾生《过秦论》《谷梁·隐公元年传》诸调，则似集古人之文，而其中不见己作矣。"梅伯言《书异之文集后》，亦述其平生切磋之语曰："子之文病杂。一篇之中，数体互见，武其冠，儒其衣，非全人也。"

夫摹拟者，所以求古人之法度也；脱化者，所以见一己之性情也。周永年论文章"有法而后能，有变而后大"，盖由化而变，乃成家数。子产有言："人心之不同，如其面焉。吾岂敢谓子面如吾面乎？"（《左传》襄三十一年）文章亦若是矣。故欲见性情，必存面目。《昭昧詹言》云："古人皆于本领上用工夫，故文字有骨气；今人只于枝叶上粉饰，下稍又并枝叶亦没了。文字成，不见作者面目，则其文可有可无。诗亦然。"又云："屈子之词与意，已为昔人用熟，至今日皆成陈言。故选体诗不可再学。"浅者专事盗窃，不见自己面目，人人可用，处处可移，安得不令人憎厌？又云："欲成面目，全在字句音节，尤在性情，使人千载下如相接对。"数条义皆精。试观韩文公自言"欲观圣人之道必自孟子始"

（《送王秀才埙序》），其心之宗仰孟子可知。然考其文，于孟子果步亦步、趋亦趋否？欧阳公自言"予之始得于韩也，当其沉没废弃之馀，予固知其不足以追时好而取势利，于是就而学之。则予之所为者，岂所以急名誉而干势利之用哉！亦志乎久而已矣"（《记旧本韩文后》）。其心之宗仰韩子又可知。然考其文，于韩子果步亦步、趋亦趋否？是以曾子固《与王介甫书》云："欧公更欲足下少开廓其文，勿用造语及模拟前人。孟、韩文虽高，不必似之也，取其自然耳。"苏明允《上欧阳内翰书》，亦论孟、韩及欧公文章之所长，既云"皆断然自为一家之文"，又总结之曰："执事之才，又自有过人者；盖执事之文，非孟子、韩子之文，而欧阳子之文也。"

虽然，古人学古之文，虽以化其痕迹为妙，而精神要未始不与古人诉合无间。故班孟坚《两都赋序》云："大汉之文章，炳焉与三代同风。"而归震川《五岳山人前集序》云："夫西子病心而矉其里，其里之丑人亦捧心时矉其里。其里之富人见之，坚闭门而不出；贫人见之，挈妻子去之而走。故曰知美矉而不知矉之所以美。夫知《史记》之所以为《史记》，则能《史记》矣。荆楚自昔多文人，左氏之《传》，荀子之《论》，屈子之《骚》，庄周之篇，试读之，未有不《史记》若也。"方望溪《古文约选序例》云："序事之文，义法备于《左》《史》。退之变《左》《史》之格调，而阴用其义法；永叔摹《史记》之格调，而曲得其风神；介甫变退之之壁垒，而阴用其步伐。学者果能探《左》《史》之精蕴，则于三家志铭,无事规柭,而自与之并矣。"吾辈苟有志于成一家言,而即古人之法度,以写一己之性情,其所当用力者,不大可知哉!

状 态

　　文章之状态,非可一言尽也,昔人每因之品藻古今鸿篇巨制。苏明允《仲兄文甫字说》尝以风行水上之"无意乎相求、不期而相遭",喻文之所由生,其语至为微妙。然既生之后,变态百出,亦有可得而详言者。

　　盖韩退之《答尉迟生书》云:"行峻而言厉,心醇而气和,昭晰者无疑,优游者有馀。"古人文境之妙,不出此数语矣。苏子瞻与谢民师推官书,又专论"达"字。其说云:"孔子曰:'言之不文,行而不远。'又曰:'辞达而已矣。'夫言止于达意,即疑若不文,是大不然。求物之妙,如系风捕影,能使是物了然于心者,盖千万人而不一遇也,而况能使了然于口与手者乎?是之谓辞达。辞至于能达,则文不可胜用矣。"杨用修《醇苑醍醐》亦云:"达非浅陋之谓也。夫意有浅言之而不达,深言之乃达者;正言之而不达,旁言之乃达者;俚言之而不达,雅言之乃达者。故周、汉之文最古,而其能道人意中事最彻。今以浅陋为达,是乌知达哉!"近世张文端公《聪训斋语·论圆字》云:"天体至圆,故生其中者无一不肖其体。悬象之大者莫如日月，以至人之耳目手足，物之毛羽，树之花实，土得雨而成丸，水得雨而成泡，凡天地自然而生皆圆。其方者皆人力所为。盖禀天地之性者，无一不具天之体。万事做到极精妙处，无有不圆者。圣人之德，古今之至文、法帖，以至一艺一术，必极圆而后登峰造极。即饮食做到精美处，到口也是圆底。"曾文正《家训》亦云："无论古今何等文人，其下笔造句，总以'珠圆玉润'四字为主。无论何等书家，其落笔结体，亦以'珠圆玉润'四字为主。世人论文家之语圆而藻丽者，莫如徐陵、庾信，而不知江淹、鲍照则更圆，进之沈约、任昉则亦圆，进之潘岳、陆机则亦圆，又进而溯之东汉之班固、张衡、崔骃、蔡邕则亦圆，又进而溯之西汉之贾谊、晁错、匡衡、刘向则亦圆。至于马迁、相如、子云三人，可谓力趋险奥，不求圆适矣；而细读之，亦未始不圆。至于昌黎，其志意直欲陵驾子长、卿、云三人，戛戛独造，力避圆熟矣；而久读之，实无一字不圆，无一句不圆。"先端恪公（讳文然）《答方甥受斯书》论"紧"字云："来文笔致明爽，而失于率易。落笔便成，思不能精深，句不能警炼，此由所看之文太恕之过也。闲中熟读《孙子》十三篇，便见古人远笔如刀，下句如石。无他，要一个'紧'字而已。古人论织曰'紧满'，论地曰'紧要'。紧则满，满则不松，美锦是也；紧则要，要则不涣，关隘是也。"方植之《昭昧詹言》又标"精深华妙"四字，以为文字精深在法与意，华妙在兴象与辞。此数说皆有心得。

然未若刘海峰《论文偶记》之完备。其论"文贵奇"云："有奇在字句者,有奇在意思者,有奇在笔者,有奇在丘壑者,有奇在气者,有奇在神者。字句之奇,不足为奇;气奇则真奇矣。"又云:"次第虽如此,然字句亦不可不奇,自是文家能事。扬子云《太玄》《法言》,昌黎甚好之,故昌黎文奇。"又云:"气奇最难识,大约忽起忽落,其来无端,其去无迹。"又云:"读古人文,于起灭转接之间,觉有不可测识处,便是奇气。"又云:"奇与平正相对。气虽盛大,一片行去,不可谓奇。奇者,于一气行走之中,时时提起。"又云:"太史公《伯夷传》,可谓神奇。"其论"文贵高"云:"穷理则识高,立志则骨高,好古则调高。"又云:"文到高处,只是朴淡意多。譬如不事纷华,翛然世味之外,谓之高人。昔人谓子长文字峻,震川谓此言难晓,要当于极真、极朴、极浅处求之。"其论"文贵大"云:"道理博大,气脉洪大,丘壑远大,丘壑中必峰峦高大,波澜阔大,乃可谓之远大。"其论"文贵远"云:"远必含蓄,或句上有句,或句下有句,或句中有句,或句外有句,说出者少,不说出者多,乃可谓远。昔人论画曰:'远山无皴,远水无波,远树无枝,远人无目。'此之谓也。远则味永。文至味永,则无以加。昔人谓子长文字微情妙旨,寄之笔墨蹊径之外;又谓如郭忠恕画天外数峰,略有笔墨、而无笔墨之迹。故太史公文,并非孟坚所知。"又云:"昔人谓意尽而言止者,天下之至言也。然言止而意不尽者尤佳。意到处言不到,言尽处意不尽,自太史公后,惟韩、欧得其一二。"其论"文贵简"云:"凡文,笔老则简,意真则简,辞切则简,理当则简，味淡则简，气蕴则简，品贵则简，神远而含藏不尽则简。故简为文章尽境。"又云："程子云：'立言贵含蓄意思，勿使无德者眩，知德者厌。'此语最有味。"其论"文贵疏"云："宋画密，元画疏；颜、柳字密，钟、王字疏；孟坚文密，子长文疏。凡文，力大则疏，气疏则纵，密则拘；神疏则逸，密则劳；疏则生，密则死。"又云："子长拿捏大意，行文不妨脱略。"其论"文贵变"云："《易》曰：'虎变文炳，豹变文蔚。'又曰：'物相杂故曰文。'故文者，变之谓也。一集之中，篇篇变；一篇之中，段段变；一段之中，句句变。神变，气变，境变，音节变，句字变，惟昌黎能之。"又云："文法有平有奇，须是兼备，乃尽文人之能事。上古文字初开，实字多，虚字少。《典》《谟》《训》《诰》，何等简奥！然文法自是未备。至孔子之时，虚字详备，作者神态毕出。左氏情韵并美，文彩照耀。至先秦战国，更加疏纵。汉人敛之，稍归劲质。惟子长集其大成。唐人宗汉，多峭硬；宋人宗秦，得其疏纵，而失其厚茂，气味亦稍薄矣。文必虚字备而后神态出，何可节损？然枝蔓软弱，少古人厚重之气，自是后人文渐薄处。"又云："马迁句法似赘拙，而实古厚可爱。"其论"文贵瘦"云："须从瘦出，而不宜以瘦名。盖文至瘦则笔能屈曲尽意，而言无不达。然以瘦名，则文必狭隘。"又云："《公》《谷》、韩非、王半山之文（江宁半山亭，王安石故宅，由县东门至蒋山，此为半道，故名），极高峻难识，学之有得，便当舍去。"又论"文贵华"云："华正与朴相表里。以其华美故可贵。所恶于华者,恐其近俗耳;所取于朴者,谓其不著脂粉耳。昔人谓不著脂粉而清真刻峭者,梅圣俞之诗也;不著脂粉而精彩浓丽,自《左传》《庄子》《史记》而外,其妙不传。此知文之言。"又云:"天下之势日趋于文,而不能自已。上古文字简质。周尚文,而周公、孔子之文最盛。其后传为左氏,为屈原、宋玉,为司马相如,盛极矣。盛极则蘖衰,流弊遂为六朝。六朝之靡弱,屈、宋之盛肇之也。昌黎氏矫之以质,本六经为文,后人因之为清疏爽直,而古人华美,亦略尽矣。平奇华朴,流激使然,末流皆不可处。"又云:"唐人之体,较之汉人微露圭角,少浑噩之象。然陆离璀璨,犹似夏商鼎彝。宋人文虽佳,而万怪惶惑处少矣。荆川云:'唐之韩,犹汉之班、马;宋之欧、曾、三苏,犹唐之韩。'此自其同者言之耳。然气味有厚薄,力量有大小,时代使然,不可强也。但学者求其同,而后别其异;不宜伐其异,而不知其同耳。"其论"文贵参差"云:"天之生物,无一不偶,而无一齐者。故虽排比之文,亦以随势曲注为佳。"又云:"好文字与俗下文字相反,如行道者,一东一西,愈远则愈善。一欲巧,一欲拙;一欲利,一欲钝;一欲柔,一欲硬;一欲肥,一欲瘦;一欲浓,一欲淡;一欲艳,一欲朴;一欲松,一欲紧;一欲轻,一欲重;一欲秀令,一欲苍莽;一欲偶俪,一欲参差。夫拙者巧之至,非真拙;钝者利之至,非真钝也。"其论"文贵去陈言"云:"昌黎论文以去陈言为第一义。后人见为昌黎好奇,故云耳。不知作古文无不去陈言者。试观欧、苏诸公,曾直用前人一言否?"又云:"昌黎既云去陈言,又极言去之之难。盖经史诸子百家之文,虽读之甚熟,却不许用他一句。另作一番言语,岂不甚难!樊宗师墓志云:'必出于己,不蹈前人一言一句,又何其难也!'正与'戛戛乎其难哉'互相发明。"又云:"樊志铭云:'惟古于词必己出,降而不能乃剽贼,后皆指前公相袭,自汉迄今用一律。'今人行文反以用古人成语自谓有出处,自矜典雅,不知其为袭也,剽贼也。"又云:"昔人谓杜诗、韩文无一字无来历。来历者,凡用一字二字必有所本也,非直用其语也。况诗与古文不同。诗可用成语,古文则必不可用。故杜诗多用古人句,而韩于经史诸子之文,止用一字,或至两字而止。若直用四字,知为后人之文矣。"又云:"大约文字是日新之物,若陈陈相因,安得不目为臭腐!原本古人意义,到行文时却须重加铸造一样言语,不可便直用古人,此为去陈言。未尝不换字,却不是换字法。"又云:"王元美(世贞)论东坡云:'观其诗有学矣,似无才者;观其文有才矣,似无学者。'此元美不知文,而以陈言为学也。东坡诗,于前人事词无所不用,以诗可用陈言也,东坡文,于前人事词一毫不用,以文不可用陈言也。正可于此悟古人行文之法,与诗迥异,而元美见以为有学无学。夫一人之诗文,何以忽有学忽无学哉?由不知文,故其言如此。"又云:"元美所谓学者,正古人之文所唾弃而不屑用、畏避而不敢用者也。东坡之文,如太空浩气,何处可著一前言,以貌为学问哉?"又云:"昔人谓经对经、子对子者,皆诗赋偶俪八比之时文耳。若散体古文,则六经皆陈言也。"其论"行文最贵者品藻"云:"无品藻便不成文字,如曰浑、曰灏、曰雄、曰奇、曰顿挫、曰跌宕之类，不可胜数。然有神上事，有气上事，有体上事，有色上事，有声上事，有味上事，有识上事，有情上事，有才上事，有格上事，有境上事，须辨之甚明。"又云："文章品藻最高者，曰雄，曰逸。欧阳子逸而未雄；昌黎雄处多，逸处少，太史公雄过昌黎，而逸处更多于雄处，所以为至。"

此外就诸家文境而比较言之者，如扬子云《法言·问神》篇云："《虞》《夏》之书浑浑尔，《商书》灏灏尔，《周书》噩噩尔。"班孟坚《司马迁传赞》云："自刘向、扬雄博极群书，皆称迁有良史之才，服其善序事理，辨而不华，质而不俚。其文直，其事核，不虚美，不隐恶，故谓之实录。"范蔚宗《班固传论》云："迁文直而事核，固文赡而事详。若固之叙事不激诡，不抑抗，赡而不秽，详而有体，使读者亹亹而不厌，信哉其能成名也。"韩退之《进学解》云："沉浸浓郁，含英咀华，作为文章，其书满家。上规姚姒，浑浑元涯；周《诰》殷《盘》，佶屈聱牙，《春秋》严谨，《左氏》浮夸，《易》奇而法，《诗》正而葩；下逮《庄》《骚》，太史所录，子云、相如，同工异曲。先生之于文，可谓宏其中而肆其外矣。"柳子厚《与杨京兆凭书》云："博如庄周，哀如屈原，奥如孟轲，壮如李斯，峻如马迁，富如相如，明如贾谊，专如扬雄。"欧阳永叔《唐书·艺文志序》云："六经之道，简严易直而天人备。其馀作者，质之圣人，或离或合；然精深闳博，各尽其术，而怪奇伟丽，往往振发于其间。"苏明允《上欧阳内翰书》云:"孟子之文,语约而意尽,不为镌刻斩绝之言,而其锋不可犯。韩子之文,如长江大河,浑浩流转,鱼鼋蛟龙,万怪惶惑,而抑遏蔽掩,不使自露,而人望见其渊然之光,苍然之色,亦自畏避不敢迫视。执事之文,纡馀委备,往复百折,而条达疏畅,无所间断,气尽语极,急言切论,而容与闲易,无艰难劳苦之态。此三者皆断然为一家之文也。"又云:"李翱之文,其味黯然而长,其光油然而幽。陆贽之文,遣言措意,切近的当。"先姜坞府君《援鹑堂笔记》云:"文字笔瘦多奇,然自是小。如太史公不须如此。"又云:"昌黎雄处,每于一起一接,忽来忽止,不可端倪。宋六家及震川,俱犯呆塞之病。"又云:"欧公文字玩其转调处,如美人转眼。"又云:"欧公每于将说未说处,吞吐抑扬作态,令人欲绝。"又云:"震川希心于欧、曾,如《见村楼记》中段烟波生色处最佳。然'予能无感乎'句,音韵轻促,不逮欧公。"永福吕月沧(璜)辑宜兴吴仲伦(德旋)《古文绪论》云:"古人善用疏,莫如《史记》;善学者莫如昌黎。看韩浓郁处皆能疏。柳州则有不能疏者。"又云:"《史记》诸表序笔笔唱叹,笔笔是竖的;欧阳文有唱叹者,多是横阔的。"刘融斋《艺概》云:"太史公文,韩得其雄,欧得其逸。雄者善用直捷,故发端便见出奇;逸者善用纡徐,故引绪乃觇入妙。又曰:"昌黎之文如水,柳州之文如山。浩乎沛然,旷如奥如,二公殆各有会心。"又云:"介甫之文长于扫,东坡之文长于生。扫故高,生故赡。"又云:"昌黎文意思来得硬直,欧、曾来得柔婉。硬直见本领,柔婉正复见涵养也。"曾文正公《日记》云:"偶思古文古诗最可学者,古八句云:《诗》之节,《书》之括,《孟》之烈,韩之越,马之咽,《庄》之跌,陶之洁,杜之拙。"凡此所论,又皆精审坚确,非老于文学者不能言也。

神　理

《易·说卦传》云:"神也者,妙万物而为言者也。"《孟子·尽心》篇云:"夫君子所过者化,所存者神。"又云:"大而化之之谓圣,圣而不可知之之谓神。"此神妙、神化之说所由来也。文章亦有此境,必神足,辞乃无不达。此《说文》所以于"神"字云:"天神引出万物者也。"杜工部诗云:"文章有神交有道。"(《苏端薛复筵简薛华醉歌》)又云:"书贵瘦硬方通神。"(《李潮八分小篆歌》)其知之矣。《说文》于"理"字云:"治玉也。"盖玉既治,其文理始昭著。故引申之,凡事物之有条不紊者,皆谓之理。其在音乐,则《孟子·万章篇》所谓"始条理""终条理"者是也。其在文章,则《荀子·非十二子》篇所谓"持之有故""言之成理"者也。夫神必俟功候之足、兴会之到,而后臻焉,非可以著力为之。故《易·系辞传》云:"神无方而易无体。"又云:"阴阳不测之谓神。"若理则可以著力,故《说卦传》云："穷理尽性以至于命。"此二者之分也。

　　大抵神妙神化之境，非可一蹴几，是有本原焉，有工力焉。考《易·系辞传》云："尺蠖之屈，以求伸也；龙蛇之蛰，以存身也；精义入神，以致用也；利用安身，以崇德也。过此以往，未之或知也。穷神知化，德之盛也。"《礼记·孔子闲居》云："清明在躬，志气如神；嗜欲将至，有开必先。天降时雨，山川出云。"此虽不专就文章言，而文章本原所在，固如是矣。《庄子·养生主》篇云："庖丁为文惠君解牛，手之所触，肩之所倚，足之所履，膝之所踦，砉然响然，奏刀騞然，莫不中音，合于《桑林》之舞，乃中《经首》之会。（司马彪曰："桑林，汤乐名；《经首》，咸池乐章也。"）文惠君曰：'嘻，善哉！技盖至此乎？'庖丁释刀对曰：'臣之所好者，道也；进乎技矣。始臣之解牛之时，所见无非全牛者；三年之后，未尝见全牛也。方今之时，臣以神遇而不以目视，官知止而神欲行。依乎天理，批大郤，导大窾（崔譔曰："郤，间也。"司马彪曰："窾，空也。"），因其固然，技经肯綮之未尝（陆德明曰："肯，《说文》作肎，著骨肉也。"案：尝，试也。），而况大軱乎（向秀曰："軱，戾大骨也。"）。良庖岁更刀，割也；族庖月更刀，折也（崔骃曰："族，众也。"）。今臣之刀十九年矣，所解数千牛矣，而刀刃若新发于硎（郭象曰："硎，砥石也。"）。彼节者有间，而刀刃者无厚；以无厚入有间，恢恢乎其于游刃必有馀地矣。是以十九年而刀刃若新发于硎。虽然，每至于族，吾见其难为（郭象曰："交错聚结为族。"），怵然为戒，视为止，行为迟，动刀甚微。謋然已解，如土委地。提刀而立，为之四顾，为之踌躇满志。善刀而藏之。'文惠君曰：'善哉！吾闻庖丁之言，得养生焉。'"《达生》篇云："仲尼适楚，出于林中，见痀偻者承蜩，犹掇之也。仲尼曰：'子巧乎！有道邪？'曰：'我有道也。五六月，累丸二而不坠，则失者锱铢（郭象曰："累二丸于竿头，是用手之停审也。"）；累三而不坠，则失者十一；累五而不坠，犹掇之也。吾处身也，若厥株拘（案：《说文》："株，木根也。"《山海经》郭注："枸，根盘错也。"拘通枸。厥者，断木为杙也。）；吾执臂也，若槁木之枝；虽天地之大，万物之多，而惟蜩翼之知。吾不反不侧，不以万物易蜩之翼，何为而不得？'孔子顾谓弟子曰：'用志不分，乃凝于神。其痀偻老人之谓乎！'"此虽不专就文章言，而文章工力所施，固如是矣。

此外如韩退之《送高闲上人序》云："苟可以寓其巧智，使机应于心，不挫于气；则神完而守固，虽外物至，不胶于心。"惜抱先生《古文辞类纂》评之云："机应于心，故物不胶于心；不挫于气，故神完守固。韩公此言，本自状所得于文事者；然以之论道亦然。"曾文正公《日记》云："机应于心，熟极之候也，《庄子·养生主》之说也；不挫于物，自慊之候也，《孟子·养气》章之说也。不挫于物者，体也，道也，本也；机应于心者，用也，技也，末也。韩子之于文，技也，进乎道矣。"又云："机者，无心遇之，偶然触之，姚惜抱谓'文王、周公系《易》，《彖》

— 120 —

辞、《爻》辞，其取象亦偶触于其机。假令易一日而为之，其机之所触少变，则其辞之取象亦少异矣'。余尝叹为知言。神者人功与天机相凑泊，如卜筮之有繇辞，如《左传》诸史之有童谣，如佛书之有偈语，其义在可解不可解之间。古人有所托讽，如阮嗣宗之类，故作神语以乱其辞。唐人如太白之豪，少陵之雄，龙标（王昌龄官龙标尉）之逸，昌谷（李贺家于昌谷，今宜阳县地）之奇，及元、白、张（籍）、王（建）之乐府，亦往往多神到机到之语。即宋世名家之诗，亦皆人巧极而天工错，径路绝而风云通。盖必可与言机，可与言神，而后极诗之能事。"此数条发挥韩氏之意至透。而文正于神之外，更及于机，盖水到而渠乃成，机熟而神乃旺也。

又刘海峰《论文偶记》云："行文之道，神为主，气辅之，气随神转。神浑则气灏，神远则气逸，神伟则气高，神变则气奇，神浑则气静。故神为气之主。"又云："文章最要气盛；然无神以主之，则气无附，荡乎不知其所归矣。"又云："神者气之主，气者神之用。"又云："神只是气之精处。"诸条亦可参观。

是以古人精神兴会之到，往往意在笔先。如周公作《无逸》，凡七更端，皆以"呜呼"发之。其后欧阳公作《五代史赞》，每篇亦如此。是皆有无穷之意，在于笔先，有不期然而然者。《史记·管晏列传》"管仲曰吾始困时"以下数行，《屈原贾生列传》"屈平疾王听之不聪也"以下数行，其喷薄而出亦然。又有意在笔外者，如《史记·伯夷列传》末言："悲夫！闾巷之人，欲砥行立名者，非附青云之士，恶能施于后世哉！"正所以见己著《史记》之为功大也。《平原君虞卿列传赞》既叙虞卿始智终困,忽作转语云"然虞卿非穷愁,亦不能著书以自见于后世"云,又所以寓己之感愤也。《平准书》末云:"烹弘羊天乃雨。"《魏其武安侯列传》末云:"上自魏其时不直武安,特为太后故耳。及闻淮南王金事,上曰:'使武安侯在者,族矣。'"如此截然竟止,而馀意无穷。若此者,皆神为之也。是以《文心雕龙·神思》篇云:"古人云:'形在江海之上,心存魏阙之下。'神思之谓也。文之思也,其神远矣。故寂然疑虑,思接千载;悄焉动容,视通万里。吟咏之间,吐纳珠玉之声;眉睫之前,卷舒风云之色,其思理之致乎?故思理为妙,神与物游。神居胸臆,而志气统其关键;物沿耳目,而辞令管其枢机。枢机方通,则物无隐貌;关键将塞,则神有遁心。是以陶钧文思,贵在虚静,疏瀹五藏,澡雪精神。积学以储宝,酌理以富才,研阅以穷照,驯致以怿辞,然后使玄解之宰,寻声律而定墨;独照之匠,窥意象而运斤。"又云:"临篇缀虑,必有二患:理郁者苦贫,辞溺者伤乱。然则博见为馈贫之粮,贯一为拯乱之药,博而能一,亦有助乎心力矣。若情数诡杂,体变迁贸,拙辞或孕于巧义,庸事或萌于新意,视布于麻,虽云未费,杼轴献功,焕然乃珍。至于思表纤旨,文外曲致,言所不追,笔固知止。至精而后阐其妙,至变而后通其数,伊挚不能言鼎,轮扁不能语斤,其微矣乎!"

若夫理之在天下,无论见于事,寓于物,皆赖文以明之。昔《宋史·文苑传》载张文潜(耒)尝著论云:"自六经以下,至于诸子、百氏、骚人、辨士论述，大抵皆将以为寓理之具也。故学文之端，急于明理。如知文而不务理，求文之工，未尝有也。夫决水于江、河、淮、海也，顺道而行，滔滔汩汩，日夜不止，冲砥柱，绝吕梁，放于江湖而纳之海，共舒为沦涟，鼓为波涛，激之为风飚，怒之为雷霆，蛟龙鱼鳖，喷薄出没，是水之奇变也。水之初岂若是哉？顺道而决之，因其所遇而变生焉。沟渎东决而西竭，下满而上虚，日夜激之，欲见其奇，彼其所至者，蛙蛭之玩耳。江、河、淮、海之水，理达之文也，不求奇而奇至矣。激沟渎而求水之奇，此无见于理，而欲以言语句读为奇，反复咀嚼，卒亦无有，文之陋也。"苏子瞻《与张嘉父书》云："若著成一家之言，当且博观而约取，如富人之筑大第，储其材用，既足而后成之，然后为得也。"魏叔子《宗子发文集序》云："今天下治古文者众矣。好古者株守古人之法，而中一无所有，其弊为优孟之衣冠；天资卓荦者师心自用，其弊为野战无纪之师，动时取败。蹈是二者，而主以自满假之心，辅以流俗谀言，天资学力所至，适足助其背驰，乃欲卓然并立于古人，呜呼难哉！虽然，师心自用，其失易明；好古而终无所有，其故非一二言尽也。吾则以为养气之功，在于集义；文章之能事，在于积理。今夫文章，六经四书而下，周秦诸子两汉百家之书，于体无所不备。后之作者，不至此则至彼。而唐、宋大家，则又取其书之精者，参和杂糅，熔铸古人以自成，其势必不可以更加。故自诸大家后，数百年间，未有一人独创格调，出古人之外者。然文章格调有尽，天下事理日出而不穷。识不高于庸众，事理不足关系天下国家之故，则虽有奇文，与《左》《史》、韩、欧阳并立无二，亦可无作。古人具在，而吾徒似之，不过古人之再见，顾必多其篇牍，以劳苦后世耳目，何为也？且夫理固非取办临文之顷，穷思力索，以求其必得。钟太傅（繇）学书法曰，每见万汇皆画象之。韩退之称张旭书变动犹鬼神，不可端倪，天地事物之变，可喜可愕，一寓于书。人生平耳目所见闻，身所经历，莫不有其所以然之理。虽市侩、优倡、大猾、逆贼之情状，灶婢、丐夫、米盐凌杂鄙亵之故，必皆深思而谨识之，酝酿蓄积，沉浸而不轻发；及其有故临文，则大小深浅，各以类触，沛乎若决陂池之不可御。譬之富人积财，金玉、布帛、竹头、木屑、粪土之属，无不预贮，初不必有所用之；而当其必需，则粪土之用，有时与金玉同功。"曾文正《日记》云："凡作诗文，有情极真挚，不得不一倾吐之时。然亦须平日积理既富，不假思索，左右逢源，其所言之理，足以达胸中至真至正之情。作文时无镌刻字句之苦，文成后无郁塞不吐之情，皆平日读书积理之功也。若平日酝酿不深，则虽有真情欲吐，而理不足以达之，不得不临时寻思义理；义理非一时所可取办，则不得不求工于字句。至于雕饰字句，则巧言取悦，作伪日拙。所谓'修辞立诚'者，荡然失其本旨矣。"所论皆极透彻。

虽然积理固文学家要务，但观洪景卢《容斋四笔》载："江阴葛延之，元符间省苏公于儋耳，请作文之法。公诲之曰：'儋州虽数百家之聚，而州人之所须，取之市而足。然不可徒得也，必有一物以摄之，然后为己用。所谓一物者，钱是也。作文亦然。天下之事，散在经子史中，不可徒使，必得一物以摄之，然后为己用。所谓一物者，意是也。不得钱不可以取物，不得意不可以用事。此作文之要也。'葛拜其言而书诸绅。"然则理虽积之于书，而意则摄之于我。既有意矣，又必有术以行之，然后能执简御繁，化腐为奇。是以《论文偶记》云："作文专以理为主，则未尽其妙。盖人不穷理读书，则出辞鄙倍空疏；人无经济，则其言累牍不适用。故义理、书卷、经济者，行文之实。若行文自是另一事，譬大匠操斤，无土木材料，纵有成风尽垩手段，何处施设？然有土木材料不善施设者甚多，终不可为大匠。故文者，大匠也；神气音节者，匠人之能事也；义理、书卷、经济者，匠人之材料也。"又云："作文本以明义理、适世用，而明义理、适世用，必有待于文人之能事。"又云："唐、虞纪载，必待史臣；孔门贤杰甚众，而文学独称于游、子夏。可见自古文事相传，必有个能事在。"惜抱先生《与陈硕士书》云："所作《南池文集序》，论学太涉门面气。凡言理不能改旧，而出语必要翻新。佛氏之教，六朝人所说，皆陈陈耳；达摩一出，翻尽窠臼，然理岂有二哉！但能搬陈语，便了无意味。移此意以作文，便亦是妙文矣。"方植之《昭昧詹言》云"屈子、杜公，时出见道语"，"然惟于旁见侧出"处露之，故佳。"若实用于正面，则似传注语录而腐矣。或即古人指点，或即事指点，或即物指点，愈不伦不类，愈妙远不测。"此则又皆论所以谈理之方法云。

气 味

　　《说文》云:"气,云气也。"盖阴阳二气交感,莫著于云。人身之呼吸,犹云之卷舒。《孟子》曰:"气,体之充也。"(《公孙丑》)《管子》曰:"气,身之充也。"(《心术》)《淮南子》曰:"气,生之充也。"(《原道》)皆即人身言之。夫人之气,言语其著焉者也。文章又言语之精也,故以气为重。《说文》又云:"味,滋味也。"而于"滋"云:"益也。"盖有味乃含咀靡尽。文章无气无以行之,无味无以永之。此二者之分也。

　　自孟子有养气之语,而王充《论衡·自纪》篇亦言之。然以气论文,实始于魏文帝《典论》,其说云:"文以气为主。气之清浊有体,不可力强而致,譬诸音乐,曲度虽均,节奏同检(《文选》注引《苍颉》篇:"检,法度也。"),至于引气不齐,巧拙有素,虽在父兄,不能以移子弟。"又云"徐幹时有齐气",孔融"体气高妙"。其《与吴质书》云:"公干有逸气,但未遒耳。"自是以后,刘彦和《文心雕龙·风骨篇》云:"怊怅述情,必始乎风;沉吟铺辞,莫先于骨。故辞之待骨,如体之树骸;情之含风,犹形之包气。结言端直,则文骨成焉;意气骏爽,则文风清焉。若丰藻克赡，风骨不飞，则振采失鲜，负声无力。是以缀虑裁篇，务盈守气，刚健既实，辉光乃新。其为文用，譬征鸟之使翼也。故炼于骨者，析辞必精；深乎风者，述情必显。捶字坚而难移，结响凝而不滞，此风骨之力也。若瘠义肥辞，繁杂失统，则无骨之征也；思不环周，索莫乏气，则无风之验也。"又云："夫翚翟备色，而翾翥百步，肌丰而力沉也；鹰隼乏采，而翰飞戾天，骨劲而气猛也。文章才力，有似于此。若风骨乏采，则鸷集翰林；采乏风骨，则雉窜文囿。唯藻耀而高翔，固文笔之鸣凤也。"《养气》篇云："夫学业在勤，功庸弗怠，故有锥股自励、和熊以苦之人。志于文也，则申写郁滞，故宜从容率情，优柔适会；若销铄精胆，蹙迫和气，秉牍以驱龄，洒翰以伐性，岂圣贤之素心，会文之直理哉！且夫思有利钝，时有通塞，沐则心覆，且或反常，神之方昏，再三愈黩。是以吐纳文艺，务在节宣，清和其心，调畅其气，烦而即舍，勿使壅滞。意得则舒怀以命笔，理伏则投笔以卷怀。逍遥以针劳，谈笑以药倦，常弄闲于才锋，贾馀于文勇，使刃发如新，腠理无滞，虽非胎息之万术，斯亦卫气之一方也。"此论气之有关于文与所以无耗损之者，皆得要领。若《颜氏家训·文章》篇云："凡为文章，犹人乘骐骥，虽有逸气，当以衔勒制之，勿使流乱轨躅，放意填坑堑也。"此则欲人敛才就范。盖文有逸气，本不易得，若以衔勒制之，则遁矣。及韩退之论文，复同此旨，其答李翱书云："气，水也；言，浮物也。水大而物之浮者大小毕浮。气之与言犹是也，气盛则言之长短与声之高下皆宜。"苏子瞻因王定国未契退之孟郊墓铭"以昌其诗"之语,答之以诗云:"昌身如饱腹,饱尽还当饥;昌诗如膏面,为人作容姿。不如昌其气,郁郁老不衰。虽云老不衰,劫坏安所之?不如昌其志,志一气自随。养之塞天地,孟轲不吾欺。"又作《潮州韩文公庙碑》,亦引孟子养气之言,以为"是气也,寓于寻常之中,而塞乎天地之间。韩文公起布衣,谈笑而麾之,天下靡然从公,复归于正。盖三百年于此矣。岂非参天地,关盛衰,浩然而独存者乎?"苏子由《上枢密韩太尉书》云:"辙生好为文,思之至深,以为文者气之所形。然文不可以学而能,气可以养而致。孟子曰:'我善养吾浩然之气。'今观其文章,宽厚宏博,充乎天地之间,称其气之大小。太史公行天下,周览四海名山大川,与燕赵间豪俊交游,故其文疏宕,颇有奇气。此二子者,岂尝执笔学为如此之文哉?其气充乎其中而溢乎其貌,动乎其言而见乎其文,而不自知也。"刘海峰《论文偶记》云:"今粗示学者:古人行文至不可阻处,便是他气盛。非独一篇为然,即一句有之。古人下一语,如山崩,如峡流,觉拦挡不住,其妙只是个直的。"又云:"气最要重。予向谓文须笔轻气重,善矣,而未至也。要得气重,须是字句下得重。此最上乘,非初学拙笨之谓也。"又云:"文法至钝拙处,乃为极高古之能事。非真拙钝也,乃古之至耳。古来能此者,史迁尤为独步。"又云:"古人云:'文以气为主,气不可以不贯,鼓气以势壮为美,而气不可以不息。'此语甚好。"又云:"论气不论势,不备。"惜抱先生《与陈硕士书》云:"欲得笔势痛快,一在力学古人,一在涵养胸趣。

夫心静则气自生矣。"曾文正公《日记》云："古文之法，全在气字上用工夫。"又云："夜温《长杨赋》，于古人行文之气，似有所得。"又云："温韩文数篇，若有所得。古人之不可及，全在行气，如列子之御风；不在义理字句间也。"又云："为文全在气盛。欲气盛，全在段落清。每段分束之际，似断不断，似咽非咽，似吞非吞，似吐非吐，古人无限妙境，难于领取。每段张起之际，似承非承，似提非提，似突非突，似纾非纾，古人无限妙用，亦难领取。"又云："奇辞大句，须得瑰玮飞腾之气驱之以行。凡堆重处皆化为空虚，乃能为大篇，所谓气力有馀于文之外也。否则，气不能举其体矣。"方植之《昭昧詹言》云：器物中或"有形无气"，"亦供世用，而不可以例诗文"。"诗文者，生气也。若纸满如剪彩雕刻，无生气，乃应试馆阁体耳，于作家无分"。据此可知无论诗文，未有气不盛而能工者也。

虽然，气之最上者曰元气。归震川《项思尧文集序》所谓"文章天地之气，得之者其气直与天地同流"是也。六经尚矣。后世文家据王厚斋《困学纪闻》云："李义山谓昌黎文若元气。王荆公谓少陵诗与元气侔。惟杜、韩足以当之。其他或为敦厚之气，或为严凝之气，虽不能无偏，要皆真气也，生气也。所忌者为客气。盖客气非伪即滑。"先姜坞府君《援鹑堂笔记》谓："柳州《论钟乳书》，从李斯《谏逐客书》来。然如中段设采奇丽处，李则随意挥斥，不露圭角，而葩艳陆离；柳则似有意搜用奇怪，费气力摸拟，而筋骨呈露。"此惧其伪也。惜抱先生《与先石甫府君书》云：

"大抵文章之妙,在驰骤中有顿挫,顿挫中有驰骤。若但有驰骤,即成剽滑,非真驰骤。"此惧其滑也。

至于文章之有味,其本原有二:一在积理,一在阅事。苟积理富,阅事多,自然醰醰有味。而辅助亦在声色。《昭昧詹言》云:王厚斋谓苏子由评文辄云"不带声色"。"何义门(焯)曰:'不带声色,则有得于经矣。'""此二说有得有失,须善参之"。"如《唐书》论韩休之文,'如太羹元酒,有典则而薄滋味'。窃谓经者道之腴也,其味无穷,何止'但有典则'!矧经亦自有极其声色者在也"。予因是思东坡尝评韩、柳诗云:"子厚诗在陶渊明下,韦苏州上。退之豪放奇险则过之,而温丽清深不及也。所贵乎枯澹者,谓其外枯而中膏,似澹而实美,渊明、子厚之流是也。若中边皆枯澹,亦何足道?佛云'如人食蜜,中边皆甜,人食五味,知其甘苦'者皆是。能分别其中边者,百无一二也。"据此,则陶、柳之诗,其平澹处,且非真枯,而况六经哉!

且夫味之为说,亦非一二言所能尽矣。孔子曰:"人莫不饮食也,鲜能知味也。"(《中庸》)正以其难领会耳。是故古人有曰"厚味"者,以其腴也。斯之谓有"意味",亦曰有"义味",如《孟子》"舜往于田"以下数章之论孝,"富岁子弟多赖""牛山之木""鱼我所欲"各章之论心,《荀子•劝学》篇之论学,《韩非子•孤愤》《五蠹》各篇之论事,沉挚痛快,此其一也。又有曰"深味"者,以其永也。斯之谓有"风味",亦曰有"韵味"。此其妙惟《诗》之《风》《雅》得之为多。昔人论《芣苢》诗:

"凡三章，章四句，总之为四十八字，内用'采采'凡十三，'芣苢'字凡十二，'薄言'字凡十二，除为语助者，才馀五字耳。而叙情委曲，从事始终，与夫经行道途，招微俦侣，以相容与之意，蔼然可掬。天下之至文也。"（陆氏深说）又论《灵台》篇云："'庶民子来'，民之太和；'麀鹿攸伏''于牣鱼跃'，物之太和，'于论鼓钟''于乐辟廱'，君臣之太和。所谓太和在成周宇宙间也。"（王氏志长说）其揄扬盛美，可谓至矣。又有抒怀旧之蓄念，发思古之幽情者，如《风》《雅》中所谓"陈古风今"者皆是。后世如诸家乐府，亦有斯意。而唐末韦端己（庄）《长安清明》诗云："早是伤春梦雨天，可堪芳草正芊芊。内官初赐清明火，上相间分白打钱。（案：《春明退朝录》："唐时清明取榆柳火以赐近臣戚里。"《蹴踘谱》："曳开大踢名白打。"）紫陌乱嘶红叱拨，绿杨高映画秋千。游人记得承平事，暗喜风光似昔年。"惜抱先生《五七言今体诗钞》评之曰："伤乱而作此，故佳。若正序承平，而为是语，则无味矣。"若此者，亦其一也。又有曰"异味"者，以其奇也。斯之谓有"兴味"，亦曰有"趣味"。如《庄子》之谬悠荒唐，屈子托云龙，说迂怪，丰隆求宓妃，鸩鸟媒娀女，皆诡异之辞；康回倾地，夷羿弊日，木夫九首，土伯三目，亦谲怪之谈；上女杂坐，乱而不分，指以为乐，娱酒不废，沉湎日夜，举以为欢，更荒淫之意。凡此皆所以抒其感愤。扬、马之词赋，太史公之纪、传、表、志、世家言，曹、阮之诗，韩、柳之文，亦往往如此。曾文正《家训》论退之五古云："其中有怪奇可骇处,如咏落叶则曰:'谓是夜气灭,望舒霣其圆。'咏作文则曰:'蛟龙弄角牙,造次欲手揽。'有诙谐可笑处,如咏登科则曰:'侪辈妒且热,喘如竹筒吹。'咏苦寒则曰:'羲和送日出,悾怯频窥觇。'必从此等处用心,乃可以长才力,添风趣。"其在近体,如子厚咏黄柑云:"若教坐待城林日,滋味还堪养老夫。"子瞻咏荔枝云:"日啖荔枝三百颗,不妨长作岭南人。"皆因迁谪而故作诙谐之语,亦其类也。昔《文心雕龙·隐秀》篇云:"深文隐蔚,风味曲包。"司空表圣自论其诗,以为"得味外味"。又《与李秀才书》云:梅"止于酸",盐"止于咸",而其美常在"酸咸之外"。学者苟知此意,庶几言近指远,而不致遗后人以覆瓿之讥也夫。

格　律

《说文》:"格,木长皃,曾文正公《笔记》云:"凡木之两枝相交而午错者,谓之格。以其枝条交互,故有相交之义焉;以其两枝禁架,故有相拒之义焉;以其长条直畅疏密成理,故又有规制整齐之义焉。是三者皆从本义引申之者也。凡经史中训'格'为'至'为'来'者,皆相交之义;其曰'格斗',曰'扞格',曰'废格',曰'沮格'之类;皆相拒之义。至于枝格相交,长短合度，疏密停匀，俨然若有规矩，木工为窗格，即取象于此。曰'体格'，曰'风格'，曰'格律'，曰'格式'，皆从此而引申之。故《家语》《礼记注》并训'格'为'法'。"案此条论格字至详。《说文》又曰："律，均布也。"今由"均布"二字思之，如曰"音律"，曰"纪律"，曰"刑律"，总之皆"均布"也，皆"法"也。故《尔雅·释诂》亦训"律"为"法"。但"格""律"二者虽同训，但"格"者导之如此，"律"者戒之不得如彼，此其分也。

大抵文章一类有一类之格。魏文帝《典论》云："奏议宜雅，书论宜理，铭诔尚实，诗赋欲丽。"陆士衡《文赋》云："诗缘情而绮靡，赋体物而浏亮，碑披文以相质，诔缠绵而凄怆，铭博约而温润，箴顿挫而清壮，颂优游以彬蔚，论精微而朗畅，奏平彻以闲雅，说炜烨而谲诳。"刘彦和《文心雕龙·定势》篇云："章表奏议，准的乎典雅；赋颂歌诗，则仪乎清丽；符檄书移，楷式乎明断；史论序注，师范乎核要；箴铭碑诔，体制乎宏深；连珠七辞，从事乎巧艳。"《昭明文选序》云：诗有六义，其二曰"赋"。"今之作者，异乎古昔，古诗之体，今则全取赋名"。诗"自炎汉中叶，四言五言，区以别矣。又少则三字，多则九言。颂者，所以游扬德业，褒赞成功。箴兴于补阙，戒出于弼匡，论则析理精微，铭则序事清润，美终则诔发，图像则赞兴。又诏诰教令之流，表奏笺记之列，书誓符檄之品，吊祭悲哀之作，答客指事之制，三言八字之文，篇辞引序，碑碣志状，众制锋起，源流间出。譬陶匏异器,并为入耳之娱;黼黻不同,俱为悦目之玩"。此皆总论各类者也。若举各类而分论之者,如《文心雕龙·诠赋》篇云:"原夫登高之旨,盖睹物兴情。情以物兴,故义必明雅;物以情观,故词必巧丽。丽词雅义,符采相胜,如组织之品朱紫,画绘之著玄黄,文虽新而有质,色虽糅而有本。此立赋之大体也。然逐末之俦,蔑弃其本,虽读千赋,愈惑体要;遂使繁华损枝,膏腴害骨,无贵风轨,莫益劝戒,此扬子所以追悔于雕虫,贻诮于雾縠者也。"《颂赞》篇云:"原夫颂惟典雅,辞必清铄,敷写似赋,而不入华侈之区;敬慎如铭,而异乎规戒之域;揄扬以发藻,汪洋以树义。唯纤曲巧致,与情而变。其大体所底,如斯而已。"又云:本赞之为义,"事生奖叹。所以古来篇体,促而不广,必结言于四字之句,盘桓乎数韵之辞;约举以尽情,昭灼以送文,此其体也。发源虽远,而致用盖寡,大抵所归,其颂家之细条乎"。《铭箴》篇云:"夫箴诵于官;铭题于器,名目虽异,而警戒实同。箴全御过,故文资确切,铭兼褒赞,故体贵弘润。其取事也,必核以辨;其摛文也,必简而深。此其大要也。"《诔碑》篇云:"详夫诔之为制,盖选言录行,传体而颂文,荣始而哀终。论其人也,暧乎若可觌;道其哀也,凄焉如可伤。此其旨也。"又云:"夫属碑之体,资乎史才。其序则传,其文则铭。标序盛德,必见清风之华;昭纪鸿懿,必见俊伟之烈。此碑之制也。"《哀吊》篇云:"原夫哀辞大体,情主乎痛伤,而辞穷乎爱惜。幼未成德,故誉止于察惠;弱不胜务,故悼加乎肤色。隐心而结文则事惬;观文而属心则体奢。奢体为辞,则虽丽不哀;必使情往会悲,文来引泣,乃其贵耳。"又云:"夫吊虽古义,而华辞未造;华过韵缓,则化而为赋。固宜正义以绳理,昭德而塞违,剖析褒贬,哀而有正,则无夺伦矣。"《论说》篇云:"原夫论之为体,所以辨正然否。穷于有数,追于无形,迹坚求通,钩深取极,乃百虑之筌蹄,万事之权衡也。故其义贵圆通,辞忌枝碎,必使心与理合,弥缝莫见其隙;辞共心密,敌人不知所乘。斯其要也。是以论如析薪,贵能破理。斤利者,越理而横断;辞辨者,反义而取通。览文虽巧,而检迹如妄。唯君子能通天下之志,安可以曲论哉!"又云:"凡说之枢要,必使时利而义贞;进有契于成务,退无阻于荣身。自非谲敌,则唯忠与信。披肝胆以献主,飞文敏以济辞,此说之本也。"《诏策》篇云:"夫王言崇秘,大观在上,所以百辟其型,万邦作孚。故授官选贤,则义炳重离之辉;优文封策,则气含风雨之润;刺戒恒诰,则笔吐星汉之华;治戎燮伐,则声有洊雷之威;眚灾肆赦,则文有春露之滋;明罚敕法,则辞有秋霜之烈。此诏策之大略也。"《檄移》篇云:"凡檄之大体,或叙此休明,或叙彼苛虐,指天时,审人事,算强弱,角权势,标蓍龟于前验,悬鞶鉴于已然,虽本国信,实参兵诈。谲诡以驰旨,炜烨以腾说。凡此众条,莫或违之者也。故其植义扬辞,务在刚健。插羽以示迅,不可使辞缓;露版以宣众,不可使义隐,必事昭而理辨,气盛而辞断,此其要也。""故檄移为用,事兼文武。其在金革,则逆党用檄,顺命资移,所以洗濯民心,坚同符契,意用小异,而体义大同。"《章表》篇云:"原夫表章之为用也,所以对扬王庭,昭明心曲。既其身文,且亦国华。章以造阙,风矩应明;表以致禁,骨采宜耀。循名课实,以章为本者也。是以章式炳贲,志在《典》《谟》,使要而非略,明而不浅。表体多包,情伪屡迁。必雅义以扇其风,清文以驰其丽。然恳恻者辞为心使,浮侈者情为文屈。繁约得正,华实相胜,唇吻不滞,则中律矣。"《奏启》篇云:"夫奏之为笔,固以明允笃诚为本,辨析疏通为首,强志足以成务,博见足以穷理,酌古御今,治繁总要,此其体也。若乃按劾之奏,所以明宪清国……术在纠恶,势必深峭。""启者……用兼表奏。陈政言事,既奏之异条;让爵谢恩,亦表之别干。必敛饬入规,促其音节,辨要轻清,文而不侈,亦启之大略也。"《议对》篇云:"夫动先拟议,明用稽疑,所以敬慎群务,驰张治术。故其大体所资,必枢纽经典。采故实于先代,观通变于当今;理不谬摇其枝,字不妄舒其藻。又郊祀必洞于礼,戎事宜练于兵,田谷先晓于农,断讼务精于律。然后标以显义,约以正辞。文以辨洁为能,不以繁缛为巧;事以明核为美,不以深隐为奇。此纲领之大要也。"又云:"夫驳议偏辨,各执异见;对策揄扬,大明治道。使事深于政术,理密于时务。酌三、五以熔世,而非迂缓之高谈;驭权变以拯俗,而非刻薄之伪论;风恢恢而能远,流洋洋而不溢,王庭之美对也。"《书记》篇云:"详总书体,本在尽言。言以散郁陶、托风采,故宜条畅以任气,优柔以怿怀。文明从容,亦心声之献酬也。"又云:"原笺记之为式,既上窥乎表,亦下睨乎书,使敬而不慑,简而无傲。清美以惠其才,彪蔚以文其响,盖笺记之分也。"此外,如曾文正评昌黎《殿中少监马君墓志铭》云:"凡志墓之文。惧千百年后谷迁陵改,见者不知谁氏之墓,故刻石以文告之,语气须是对不知谁何之人说话。此文少乖。"又评《虢州司户韩府君墓志铭》云:"凡墓志之文,以告后世不知谁何之人,其先人有可称则称之,无可称则不著一语,可也。此文合法。"学者合观之,可以知门类之宜辨矣。

又一篇有一篇之格。盖欲谋篇,必制局;欲制局,必立格。故刘彦和《文心雕龙·附会》篇云:"凡大体文章,类多枝派。整派者依源,理枝者循干。是以附辞会义,务总纲领,驱万涂于同归,贞百虑于一致。使众理虽繁,而无倒置之乖;群言虽多,而无棼丝之乱。扶阳而出条,顺阴而藏迹,首尾周密,表里一体。此附会之术也。夫画者谨发而易貌,射者仪毫而失墙,锐精细巧,必疏体统。故宜诎寸以信尺,枉尺以直寻,弃偏善之巧,学具美之绩。此命篇之经略也。"曾文正《日记》亦云:"古文之道,谋篇布势,是一段最大工夫。《书经》《左传》每一篇空处较多,实处较少;旁面较多,正面较少。精神注于眉宇、目光;不可周身皆眉、到处皆目也。线索要如蛛丝马迹;丝不可过粗,迹不可太密也。"又云:"古文之道,布局须有千岩万壑重峦复嶂之观。不可一览而尽,又不可杂乱无纪。"又《笔记》云:"友人钱塘戴醇士熙尝谓余言:'李伯时画七十二贤像,全在鼻端一笔。面目精神,四肢百体,衣褶靴纹,皆与其鼻端相准相肖。或端拱而凝思,或欹斜以取势，或若列仙古佛之殊形，或若麟身蛇躯之诡趣，皆自其鼻端一笔以生变化，而卒不离其宗。'国藩以谓斯言也，可通于古文之道。夫古文亦自有气焉，有体焉。今使有人于此，足反居上，首顾居下，一胫之大几如腰，一指之大几如股，则见者谓之不成人。又或颐隐于齐，肩高于顶，五官在上，两髀为胁，则见者亦必反面却走。为文者或无所专注，无所归宿，漫衍而不知所裁，气不能举其体，则谓之不成文。故虽长篇巨制，其精神意气之所在，必有所谓鼻端之一笔者，譬若水之有干流，山之有主峰，画龙者之有睛。物不能两大，人不能两首，文之主意亦不能两重。专重一处，而四体停匀，乃始成章耳。"学者合观之，亦可以知章法之宜求矣。

若夫古今文学家之戒律，则尤有可胪陈者。《易·系辞传》云："将叛者其辞惭，中心疑者其辞枝，吉人之辞寡，躁人之辞多，诬善之人其辞游，失其守者其辞屈。"此孔子之戒律也。《论语·泰伯》篇云："出辞气，斯远鄙倍矣。"此曾子之戒律也。《孟子·公孙丑》篇云："诐辞知其所蔽，淫辞知其所陷，邪辞知其所离，遁辞知其所穷。"此孟子之戒律也。《史记·五帝本纪赞》云："百家言黄帝，其辞不雅驯，荐绅先生难言之。"此太史公之戒律也。《法言·吾子》篇云："诗人之赋丽以则，辞人之赋丽以淫。"此扬子云之戒律也。《典论》云："常人贵远贱近，向声背实，又患暗于自见，谓己为贤。"此曹子桓之戒律也。《文赋》云："每自属文，尤见其情。恒患意不称物，文不逮意。"又云："虽杼轴于予怀，怵他人之我先。苟伤廉而愆义，亦虽爱而必捐。"此陆士衡之戒律也。他若韩退之《答李翊书》云:"无望其速成,无诱于势利。"又云:"惟陈言之务去。"柳子厚《报袁君陈秀才避师名书》云:"秀才志于道,慎勿怪,勿杂,勿务速显。"欧阳永叔《答吴充秀才书》云:"盖文之为言,难工而可喜,易悦而自足。世之学者,往往溺之,一有工焉,则曰:'吾学足矣。'甚者至弃百事不关于心,曰:'吾文士也,职于文而已。'此其所以至之鲜也。"朱子《语类》论文:忌意凡思缓,忌软弱,忌没紧要,忌不仔细,忌辞意一直无馀,忌浮浅,忌不稳,忌絮,忌巧,忌昧晦,忌不足,忌轻,忌薄,忌冗。方望溪评沈椒园(廷芳)文云:"南宋、元、明以来,古文义法不讲久矣,吴越间遗老尤放恣,或杂小说,或沿翰林旧体,无一雅洁者。古文中不可入语录中语,魏晋六朝人藻丽俳语,汉赋中板重字法,诗歌中隽语,南北史佻巧语。"又《答程夔州书》云:"凡为学佛者传记,用佛氏语则不雅,子厚、子瞻皆以兹自瑕。至明钱受之则直如涕唾之令人觳矣。"吕月沧辑吴仲伦《古文绪论》云:"国初如汪尧峰文,诗话、尺牍气尚未去净,方望溪乃尽净矣。诗赋字虽不可有,但如汉赋字句,用亦何妨?惟六朝绮靡,乃不可也。正史字句亦自可用;如《世说新语》太隽者则近乎小说矣。公牍字句亦不可阑入,此等处须详辨之。"惜抱先生与先石甫府君书云:"凡作古文,须知古人用意冲澹处,忌浓重,譬如举万钧之鼎,如一鸿毛,乃文之佳境;有竭力之状,则入俗矣。"曾文正《复陈右铭太守书》云:"仆昔好观古人文章,私立禁约,以为有必不可犯者,而后其法严,而道始尊。太抵剽窃前言,句摹字拟,是为戒律之首。称人之善,依于庸德,不宜褒扬溢量,动称奇行异征,邻于小说诞妄者之所为;贬人之恶,又加慎焉。一篇之内,端绪不宜繁多,譬如万山旁薄,必有主峰;龙衮九章,但挈一领。否则首尾冲决,陈义芜杂,滋足戒也。识度曾不异人,或乃竞为僻字涩句,以骇庸众,斫自然之元气,斯又才士之所同蔽,戒律之所必严。"又《茗柯文编序》云:"盖文章之变多矣。高才者好异不已,往往造为瑰玮奇丽之辞,仿效汉人赋颂,繁声僻字,号为复古,曾无才力气势以驱使之,有若附赘悬疣,施胶漆于深衣之上,但觉其不类耳。叙述朋旧,状其事迹,动称卓绝,若合古今名德至行,备于一身,譬之画师写真,众美毕具,伟则伟矣,而于其所图之人,固不屑也。"以上所论,皆谈戒律所不可不知者。

至于文之当作与否,古人亦极不苟。如黄山谷《与人书》云:"往年欧阳文忠公作《五代史》,或作序记其前,王荆公见之曰:'佛头上岂可著粪?'窃深叹息以为名言。"顾亭林《日知录》云:"唐杜牧《答庄充书》曰:'自古序其文者,皆后世宗师其人而为之。今吾与足下并生今世,欲序足下未已之文,固不可也。'"读此言,今之好为人序者,可以止矣。娄坚《重刻长庆集序》曰:"凡刻本传既久,或漫漶不可读,有缮写而重刻之者,则人复序之,是宜叙所以刻之意,可也。而今之述者,非追论昔贤,妄为优劣之辨;即过称好事,多设游扬之辞。皆我所不取。"读此言,今之好为古人文集序者,可以止矣。又《与友人书》云:"中孚（李颙）为其先妣求传再三，终已辞之。盖止一人一家之事，而无关于经术政理之大，则不作也。韩文公文起八代之衰，若但作《原道》《原毁》《争臣论》《平淮西碑》《张中丞传后序》诸篇，而一切铭状，概为谢绝，则诚近代之泰山北斗矣；今犹未敢许也。"汾阳侯仲辂（七乘）论文章不可苟作云："艾东乡（南英）谓陈大士（际泰）许人一文，当如许人一女，不可草率。其识高于世人远甚。昔朱晦庵尝言：'陆放翁能太高，迹太近，恐为有力者牵去，不得全其晚节。'其后放翁再出，果为韩侂胄作南园、阅古泉记，见讥清议。《元史》：姚燧尝以所作就正许衡，衡赏其辞而戒之曰：'文章先有一世之名，何以应人之见役？非其人而与之，与非其人而拒之，皆罪也。'"盖语言文字，人品攸关，斯言之玷，驷马难追。如陶谷悔作禅诏，孔文仲悔作伊川弹文，朱文公悔作紫岩（张浚）墓碑，姚雪坡悔作《秋壑记》，李西涯悔作《炫明宫记》。与其悔之于后，何如慎之于先？韩、柳、欧公于志传皆不轻作。子瞻生平铭墓止五人，皆盛德，若富郑公（弼）、司马温公、赵清献公（抃）、范蜀公（温）、张文定公（方平）也。此外，赵康靖公（概）、滕元发（甫）二铭，亦代文定所为者。在翰林，诏撰赵瞻神道碑，亦辞不作。李冶曰："文章有不当为者五：苟作，一也；徇物，二也；欺心，三也；蛊俗，四也；不可示子孙，五也。噫！是道也，自蔡伯喈以来，已不免有惭德矣。"鄞县全谢山（祖望）《文说》云："扬子云《美新》，贻笑千古。馀如退之《上宰相书》《潮州谢上表》《祭裴中丞文》《京兆尹李实墓铭》，放翁阅古泉、南园记、《西山建醮青词》，皆为白圭之玷。放翁二记，虽有微辞，然不如不作之为愈。儒者之为文也，其养之当如婴儿，其卫之当如处女。"太原阎百诗（若璩）《潜丘札记》云："竟陵钟伯敬（惺）有《武夷山记》，考其时乃丁忧去职，枉道而为此。昔二苏居丧，禁断诗文，再期之内，不著一字，陆文安（九渊）称为知礼。夫登山何事？闻讣何时？而竟优游为之耶？"诸家所论，尤文学家座右铭也。

声 色

《诗·大雅·皇矣》篇云："不大声以色。"《中庸》申之曰："声色之于以化民，末也。"夫声色为末，则道为本矣。然道舍声色亦无由昭著，故惜抱先生与先石甫府君书云："夫道德之精微，而观圣人者不出动容周旋中礼之事；文章之精妙，不出字句声色之间。舍此便无可窥寻矣。"考《说文》云："声，音也。"又云："色，颜色也。"然则，所谓声者，就大小、短长、疾徐、刚柔、高下言之；所谓色者，就清奇、浓淡言之。此其分也。

盖声之有关文章，其说远矣。如《书》帝典云："诗言志，歌永言。声依永，律和声。八音克谐，无相夺伦。"左氏襄二十九年《传》载季札观乐而云："美哉渊乎！""泱泱乎！""荡乎！""飒飒乎！""思深哉！""广哉！熙熙乎！""至矣哉！"《礼记·乐记》载子贡问乐于师乙。而乙之言云："上如抗，下如坠，曲如折，止如槁木，倨中矩，句中钩，累累乎端如贯珠。"使非精于声律，固不能为是言。故《乐记》又云："凡音者，生人心者也。情动于中，故形于声；声成文，谓之音。"《荀子·劝学》篇云："诗者，中声之所止也。"《大略》篇云："其诚可以比金石，其声可内于宗庙。"又云："其言有文焉，其声有哀焉。"韩退之《送孟东野序》云："周之衰，孔子之徒鸣之，其声大而远。《传》曰：'天将以夫子为木铎。'其弗信矣乎！"其《上襄阳于相公书》，既以"正声谐韶濩，劲气沮金石"并言；《答尉迟生书》又以"本深而末茂，形大而声宏"并言。《荆谭唱和诗序》且推及于"和平之音淡薄，而愁思之声要眇；欢愉之辞难工，而穷苦之言易好"。李习之作退之祭文，遂谓"其声殚天地"。欧阳永叔《送扬寘序》云："夫琴之为技小矣。及其至也，大者为宫，细者为羽，操弦骤作，忽然变之，急者凄然以促，缓者舒然以和，如崩崖裂石，高山出泉，而风雨夜至也，如怨夫寡妇之叹息，雌雄雍雍之相鸣也。其忧深思远，则舜与文王、孔子之遗音也；悲愁感愤，则伯奇、孤子、屈原忠臣之所叹也。喜怒哀乐，动人深心，而纯古淡泊，与夫尧舜三代之言语、孔子之文章、《易》之忧患、《诗》之怨刺无以异。其能听之以耳，应之以手，取其和者，道其堙郁，写其忧思，则感人之际，亦有至者焉。"此虽论琴，而文章准诸此矣。故王介甫作永叔祭文，遂评其文云："其清音幽韵,凄如飘风急雨之骤至;其雄辞伟辩,快如轻车骏马之奔驰。"先姜坞府君《援鹑堂笔记》云:"朱子谓'韩昌黎、苏明允作文,敝一生之精力,皆从古人声响处学',此真知文之深者。"刘海峰《论文偶记》云:"文章最要有节奏。譬之管弦繁奏中,必有希声窈渺处。"惜抱先生《与陈硕士书》云:"诗古文要从声音证入。不知声音,总为门外汉耳。"梅伯言《闲存诗草跋》云:"今世之闻乐者,肃然穆然,其声动人心,非皆能辨其词也。取《清庙》《生民》之词,而佶屈诵之,未有不听而思卧者。故诗之道,声而已矣。"曾文正《日记》云:"乐律不可不通,以其与兵事、文章相表里。"又云:"汉魏人作赋,一贵训诂精确,一贵声调铿锵。"又云:"读韩文《柳州罗池庙碑》,觉情韵不匮,声调铿锵,乃文章中第一妙境。情以生文,文亦以生情;文以引声,声亦以引文。循环互发,油然不能自己,庶渐渐可入佳境。"又云:"温苏诗朗诵颇久,有声出金石之乐。因思古人文章,所以与天地不敝者,实赖气以昌之,声以永之。故读书不能求之声气二者之间,徒糟粕耳。"又云:"作文以声调为本。"又《家训》云:"凡作诗最宜讲究声调。须熟读古人佳篇,先之以高声朗诵,以昌其气;继之以密咏恬吟,以玩其味。二者并进,使古人之声调,拂拂然若与我喉舌相习,则下笔时必有句调奔赴腕下。诗成自读之,亦自琅琅可诵,引出一种兴会来。"张廉卿《复朱莱香书》云:"声调一事,世俗人以为至浅,不知文之精微要眇,悉寓于其中。"凡此皆论声调之有关于文章者也。

但古人之所谓声调者,与齐梁人之说不同。古人本乎天籁,齐梁则出于人为。说莫详于沈休文《宋书·谢灵运传论》,其略云:"夫五色相宣,八音协畅,由乎玄黄律吕,各适物宜。欲使宫羽相变,低昂舛节。若前有浮声,则后须切响。一简之内,音韵尽殊;两句之中,轻重悉异。妙达此旨,始可言文。"自灵均"以来,多历年代,虽文体稍精,而此秘未睹。至于高言妙句,音韵天成,皆暗与理合,匪由思至。张、蔡、曹、王,曾无先觉;潘、陆、颜、谢,去之弥远。"《南史·陆厥传》云:"王融、谢朓、沈约等文,将平上去入四声制韵,有平头、上尾、蜂腰、鹤膝,世呼为'永明(南齐武帝年号)体'。"厥与约书云:"尚书云:'自灵均以来,此秘未睹。'但观历代众贤,似不都阇此处。自魏文属论,深以清浊为言;刘桢奏书,大明体势之致。龃龉妥贴(帖)之谈,操末续颠之说,兴玄黄于律吕,比五色之相宜。苟此秘未睹,兹论为何所指耶?故愚谓前英已早识宫徵,但未屈曲指的若今论所申。乃可言未穷之致,不得言'曾无先觉'也。"沈答书又云:"宫商之声有五,文字之别累万。以累万之繁,配五声之约,高下低昂,非思力所学。又非止若斯而已。十字之文,颠倒相配;字不过十,巧历已不能尽,何况复过于此者乎?灵均以来,未经用之于怀抱,固无从得其仿佛矣。若斯之妙,而圣人不尚,何耶?此盖曲折声韵之巧,无当于训义,非圣哲玄言之所急也。是以子云譬之'雕虫篆刻',云'壮夫不为'。自古辞人,岂不知宫羽之殊,商徵之别?虽知五音之异,而其中参差变动,所昧实多。故鄙意所谓'此秘未睹'者也。"其后刘彦和从而申之，于《文心雕龙·声律》篇云："凡声有飞沉，响有双叠。双声隔字而每舛，叠韵杂句而必睽；沉则响发而断，飞则声飏不还；并辘轳交往，逆鳞相比，迂其际会，则往蹇来连，其为疾病，亦文家之吃也。夫吃文为患，生于好诡，逐新趋异，故喉唇纠纷；将欲解结，务在刚断。左碍而寻右，末滞而讨前，则声转于吻，玲玲如振玉；辞靡于耳，累累如贯珠矣。是以声画妍媸，寄在吟咏；吟咏滋味，流于字句；字句气力，穷于和韵。异音相从谓之和，同声相应谓之韵。韵气一定，故馀声易遣；和体抑扬，故遗响难契。属笔易巧，选和至难；缀文难精，而作韵甚易。虽纤意曲变，非可缕言；然振其大纲，不出兹论。"由诸言出，而声病之说以起。及唐近体诗盛行，于是文学家又增一体制矣。

自休文创声律之学，当时钟仲伟已深诋之，故《诗品序》云："昔曹、刘殆文章之圣，陆、谢为体贰之才，锐精研思，千百年中，而不闻宫商之辨，四声之论。"自"王元长创其首，谢朓、沈约扬其波，于是士流景慕，务为精密，襞积细微，专相凌架，故使文多拘忌，伤其真美。余谓文制本须讽诵，不可蹇碍，但令清浊流通，口吻调利，斯为足矣。至平上去入，则余病未能；蜂腰鹤膝，闾里已具"。大抵八病曰平头，曰上尾，曰蜂腰，曰鹤膝，曰大韵，曰小韵，曰正纽，曰旁纽。据鄞县仇沧柱（兆鳌）《杜诗详注》云："所谓平头者，前句上二字与后句上二字同声，如古诗'今日良宴会，欢乐难具陈'，'今''欢'同声，'日''乐'

同声,是平头也。又如'朝云晦初景,丹池晚飞雪。飘披聚还散,吹扬凝其威'四句,上二字皆平声,是平头也。又如周王褒诗'高箱照云母,壮马饰当颅。单衣火浣布,利剑水精珠'四句,叠用四物,而每物各用一虚一实字面,亦平头也。又如杜挚诗'伊挚为媵臣,吕望身操竿。夷吾困商贩,宁戚对牛叹。食其处监门,淮阴饥不粲',叠引古人,皆在句首,是亦平头也。所谓上尾者,上句尾字与下句尾字俱用平声,虽韵异而声则同,是犯上尾。如古诗'西北有高楼,上与浮云齐','楼'与'齐'皆平声。又如'庭陬有古榴,绿叶含丹荣','榴'与'荣'亦平声也。又如一句尾字与三句尾字连用同声,是亦上尾。如古诗'客从远方来,遗我一书札。上言长相思,下言久别离','来''思'皆平声。又如'新制齐纨素,皎洁如霜雪。裁为合欢扇,团圆似秋月','素''扇'皆去声,亦犯上尾矣。其在七律,如杜诗'春酒杯浓琥珀薄'与'误疑茅堂入江麓',同系入声。王维诗'新丰树里行人度'与'闻道甘泉能献赋',同声同韵,皆犯上尾也。又如杜《秋兴》诗'西望瑶池降王母,东来紫气满函关。云移雉尾开宫扇,日绕龙鳞识圣颜','王母''函关''宫扇''圣颜',俱在句尾,未免叠足,亦犯上尾。若'林花著雨胭脂落,水荇牵风翠带长。龙虎新军深驻辇,芙蓉别殿漫焚香',前联拈'落''长'二字于字尾,后联移'深''漫'二字于上面,便不犯同矣。"蔡宽夫《诗话》云:"蜂腰、鹤膝,盖出于双声之变。若五字首尾皆浊音,中一字独清,则两头大而中间小,即为蜂腰。若五字首尾皆清音，中一字独浊，则两头细而中间粗，即为鹤膝矣。今案张衡诗'邂逅承际会'，是以浊夹清，为蜂腰也。如傅元诗'徽音冠青云'，是以清夹浊，为鹤膝也。所谓大韵者，如'微''晖'同韵，上句第一字不得与下句第五字相犯。阮籍诗'微风照罗袂，明月耀清辉'是也。所谓小韵者，如'清''明'同韵，上句第四字不得与下句第一字相犯。诗云'薄帷鉴明月，清风吹我襟'是也。所谓正纽者，如'溪''起''憩'三字为一纽，上句有'溪'字，下句再用'憩'字，庾阐诗'朝济清溪岸，夕憩五龙泉'是正纽也。所谓旁纽者，如'长''梁'同韵，'长'上声为'丈'，上句首用'丈'字，下句首用'梁'字，是亦相犯。诗云'丈夫且安坐，梁尘将欲起'，此旁纽也。在七律如杜诗'远开山岳散江湖'，'山''散'为正纽；如'丈人才力犹强健'，'丈''强'为旁纽矣。"此外又有双声、叠韵之法。《南史》王元谟问谢庄曰："何者为双声？何者为叠韵？答曰：'互''护'为双声，'磝''碻'为叠韵。"《学林新编》曰："双声者，同音而不同韵；叠韵者，同音而又同韵也。如李群玉诗'方穿诘曲崎岖路，又听钩辀格磔声'，'诘曲''崎岖'乃双声，'钩辀''格磔'乃叠韵也。"此条所考至为详明。唐时日本僧空海撰《文笔眼心钞》云："十字中一、六相犯名水浑，二、七相犯名火灭，是谓平头。十字中上句末与下句末相犯名土崩，是谓上尾。五字中二、五相犯又二、四相犯，是谓蜂腰。二十字中第一句末字与第三句末字相犯，是谓鹤膝。所云相犯，统四声言之。五字中

二、五用同韵字,名触绝病,是谓大韵。五字中一、三用同韵字,名伤音病,是谓小韵。五字中用双声而隔字,名爽切病,是谓旁纽,亦曰大纽。五字、十字中用同纽而叠字,亦名爽切病,是谓正纽,亦曰小纽。"此与仇说又小异。沈氏《四声谱》久佚,今可考者,惟《谢灵运传论》及《答陆韩卿(厥字)书》。诸家以意推测,其不同宜耳。何义门《读书记》云:"浮声、切响,即是轻、重。今曲家犹讲阴阳清浊。"杨用修亦云:"《文心雕龙》论'和''韵'之殊,宋词、元曲皆于仄韵用和音以叶韵。盖以平声为一类,而上、去、入三声附之。如'东''董''冻'是和,'东''中''风'是韵也。"如所言,可见沈说不特为近体诗所由来,势非流为词曲不止。实则大家何尝沾沾于此!是以唐僧皎然《诗评》云:"沈氏酷裁八病,碎用四声,风雅殆尽。"《援鹑堂笔记》云:"齐梁以四声殊音韵,别轻重,沈、宋之研顺声势,但取平仄调协。于彼说亦不能尽避。旁纽双声,一诗中固时时见之;若叠韵则杜公'卑枝低结子,接叶暗巢莺',且故为之,何尝不调协乎?"然则近体且不尽如其说,何论古诗?更何论古文?善乎韩退之《答李翊书》云:"气盛则言之长短与声之高下皆宜。"吴挚甫先生《答张廉卿书》云:"声音之道,尝以意求之,才无论刚柔,苟其气之既昌,则所为抗坠、曲直、断续、敛侈、缓急、长短、伸缩、抑扬、顿挫之节,一皆循乎机势之自然,非必有意于其间,而故无之而不合,其不合者必气之未充者也。"是真破的之论矣!若夫下手之方,则在于讽诵。故惜抱先生《与陈硕士书》云:

"大抵学古文者，必要放声疾读，又缓读，祗久之自悟。若但能默看，即终身作外行也。"又云："寄来诗文皆有可观；但说到中间，忽有滞钝处，此乃是读古人文不熟。必急读以求其体势，缓读以求其神味，得彼之长，悟吾之短，自有进也。"梅伯言《与孙芝房书》云："夫古文与他体异者，以首尾气不可断耳。有二首尾焉，则断矣。退之谓六朝文杂乱无章，人以为过论。夫上衣下裳，相成而不复也，故成章。若衣上加衣，裳下有裳，此所谓无章矣。其能成章者，一气者也。欲得其气，必求之于古人。周、秦、汉及唐、宋人文，其佳者皆成诵乃可。夫观书者，用目之一官而已；诵之而入于耳，益一官矣；且出于口，成于声，而畅于气。夫气者，吾身之至精者也。以吾身之至精，御古人之至精，是故浑合而无有间也。"张廉卿《答吴挚甫书》云："阁下谓苦中气弱，讽诵久则气不足载其辞。往在江宁，闻方存之（宗诚）云：长老所传，刘海峰绝丰伟，日取古人之文，纵声读之。姚惜抱则患气羸，然亦不废哦诵，但抑其声使之下耳。"是或一道乎！

但古文固无一定之平仄；而声调既有高下，则二音要有不容不相济者，况古诗限于五言七言乎？况近体乎？《四库全书总目》于赵秋谷《声调谱》云："执信尝问声调于王士禛，士禛靳不肯言。执信乃发唐人诸集，排比钩稽，竟得其法，因著此书。其例：古体诗五言重第三字，七言重第五字，而以上下二字消息之。大抵以三平为正格，其四平切脚，如李商隐之'咏神圣功书之碑'；两平切脚，如苏轼之'白鱼紫蟹不论钱'者，谓之落调。'柏梁体'及四句转韵之体,则不在此限焉。律诗以本句平仄相救为单拗,出句如杜甫之'清新庾开府',对句如王维之'暮禽相与还'是也。两句平仄相救为双拗,如许浑之'溪云初起日沉阁,山雨欲来风满楼'是也。其他变例数条,皆本此而推之。而起句结句不相对偶者,则不在此限焉。"此说亦学诗所不可不知者。

色也者,所以助文之光采,而与声相辅而行者也。其要有三:一曰炼字,二曰造句,三曰隶事。《文心雕龙·炼字》篇,有避诡异、省联边、权重出、调单复四法,而论重出尤精。其说云:"重出者,同字相犯者也。《诗》《骚》适会,而近世忌同。若两字俱要,则宁在相犯。故善为文者,富于万篇,贫于一字。一字非少,相避为难也。"方植之《昭昧詹言》云:"好用虚字承递","最易软弱。须横空盘硬,中间摆落剪断多少软弱,词意自然高古。"吴挚甫先生尝为永朴诵欧阳永叔《石曼卿墓表》末段"呜呼曼卿"以下数行,以为字字若有凸凹,因叹文章之难,第一用虚字,盖浅深雅俗,于此焉分。曾文正公《复李眉生书》云:"来函询虚实、譬喻、异诂三门。虚实者,实字而虚用,虚字而实用也。至用字有譬喻之法,后世须数句而喻意始明,古人止一字而喻意已明。异诂云者,无论何书,处处有之,大抵人所共知,则为常语;人所罕闻,则为异诂。古人用字,不主故常,初无定例,要之各有精意运乎其间。阁下现读《通鉴》,即就《通鉴》异诂之字,偶一钞记,他人视为常语,而己心以为异,则且钞之;或明日视为常语,而今日以为异,亦姑钞之。久之多识雅训,不特譬喻、虚实二

— 151 —

门可通,即其他各门,亦可触类而贯彻矣。"又《复邓寅阶书》云:"《文选》以多读为妙。盖《京都》《田猎》《江》《海》诸赋,虽难于成诵,而造字、形声、训诂之学,即已不待他求。"又《家训》云:"文章雄奇,以行气为上,造句次之,选字又次之。然未有字不古雅而句能古雅,句不古雅而气能古雅者;亦未有字不雄奇而句能雄奇,句不雄奇而气能雄奇者。是文章之雄奇,其精处在行气,其粗处全在造句、选字也。余好古人雄奇之文,以昌黎为第一,扬子云次之。二公之行气,本之天授。至于人事之精能,昌黎则造句之工夫居多,子云则选字之工夫居多。"《援鹑堂笔记》云:"字句章法,文之浅者也;然神气体势,皆阶之而见。古今文字高下,莫不由此。"又云:"字句之奇,宋以后大家多不讲此,亦是其病处。"《论文偶记》云:"神气者,文之最精处也;音节者,文之稍粗处也;字句者,文之最粗处也。然予谓论文而至于字句,则文之能事尽矣。盖音节者,神气之迹也;字句者,音节之矩也。神气不可见,于音节见之;音节无可准,以字句准之。"又云:"音节高则神气必高,音节下则神气必下,故音节为神气之迹。一句之中,或多一字,或少一字;一字之中,或用平声,或用仄声;同一平字、仄字,或用阴平、阳平、上声、去声、入声,则音节迥异。故字句为音节之矩。"又云:"积字成句,积句成章,积章成篇,合而读之,音节见矣;歌而咏之,神气出矣。"又云:"近人论文,不知有所谓音节者;至语以字句,则必笑以为末事。此论似高实谬。作文若字句安顿不妙,岂复有文字乎?但所谓字句、音节,须从古人文字中实实讲贯过始得,非如世俗所云也。"吕月沧辑吴仲伦《古文绪论》云:"作文岂可废雕琢?但须清气运乎其中。功夫成就之后,信笔写出,无一字一句吃力,却无一字一句率易,清气澄澈中,自然古雅有风神,乃是一家数也。"又云:"文字有作一句不甚分明,必三两句而古雅者;亦有炼数句为一句,乃觉古简者。总之,气不可不疏。"至于隶事,《文心雕龙·丽辞》篇,尝戒不均与孤立二病,以为"若两事相配,而优劣不均,是骥在左骖,驽为右服也。若夫事或孤立,莫与相偶,是夔之一足,趻踔而行也"。苏子瞻题柳子厚诗云:"用事当以故为新,以俗为雅。好奇务新,乃诗之病。"焦弱侯《笔乘》云:"韦庄诗'西园公子名无忌',观《选》诗'公子敬爱客,终宴不知疲。清夜游西园,飞盖相追随',乃子建事,不可加之无忌。"《援鹑堂笔记》云:"大凡文字援据,虽有详略,然必具见端末。"又云:"何大复《闻武昌边报》诗:'请缨谁为系楼兰?'贾谊请系单于颈,终军请以长缨系南越,无系楼兰事。且当时边报,又无与西域。"惜抱先生《复刘明东(开)书》云:"见赠五言排律,所用故事,都不精切,止是随手填入。姑摘其一联:'志公谓徐陵,天上石麒麟',岂可易'石'为'玉'?又陵官非学士,学士唐乃有此官耳。公孙宏与陵,于鄙人绝不似,止十字中而病痛已四五矣。"《五七言今体诗钞》评陆放翁《江楼醉中作》:"天上但闻星主酒,人间宁有地埋忧?生希李广名飞将,死慕刘伶赠醉侯。"以为"前联用孔北海'天垂酒星之耀'、仲长统'寄愁天上、埋忧地下'，并汉人语，相称。后联用唐人诗'若使刘伶为酒帝，亦须封我醉乡侯'，取材较猥，对上句不过。"又《昭昧詹言》引先生之言云："王阮亭四法，一'典'字中，有古体之典，有近体绝句之典。近体绝句之典，必不可入古诗。其'远''谐''则'三字亦然。"据此可见运用故实，无论诗文，皆不可苟。或因周秦诸子及词赋家多假设之辞，以为借口，不知寓言与庄语未可同科。观《退庵随笔》载："苏子容（颂）每闻人言故事，必检出处。"又云："苏文忠公每有撰著，虽目前事，率令少章（秦观弟觏）、叔党（公少子过）诸人检视而后出。"古人审慎何如！若夫文忠《刑赏忠厚之至论》，引"皋陶曰杀之三，尧曰宥之三"，特少年应试之作，理想成文，可以将无作有，故曰"想当然尔"。文士狡狯，要当别论。昔黄山谷《与王观复书》云："老杜作诗，退之作文，无一字无来处。盖后人读书少，故谓韩、杜自作此语耳。"《颜氏家训·勉学》篇亦云："谈说制文，援引古音，必须眼学，勿信耳受。"长洲朱仲武（孔彰）又以临川李小湖先生（联琇）之言告永朴云："作文引事，断宜检查原文，不可但恃记忆之力。盖自以为不误，其误必多。"学者所当服膺，正在此等语也。

虽然，文章色泽，犹不尽于此。广而言之，如《易》之象，《诗》之比、兴，《孟》《庄》之譬喻，扬、马之铺张，皆是。又诗家于篇中往往插入描写之语，文家抑或凌空布景，如《秦誓》"若有一个臣"一段。《孟子·庄暴》章"今王鼓乐于此"一段，韩退之《原毁》"尝试语于众曰"一段，与李斯《谏逐客书》中间,即色、乐、珠、玉为喻,皆设色处也。至纪事之文,因此人而牵及彼人,因此事而牵及他事,迷离变化,古人譬之"云烟",亦曰"烟波"。昔张廉卿先生告永朴云:"古人论文,要情韵不匮。夫所谓'不匮'者,以旁支多也。如花开,必枝叶掩映,风韵乃可人;若去枝叶惟存花,亦不足观矣。考《说文》于'文'字云:'错画也,象交文。'然则文固以交错为义,惟交错斯采色生焉。夫词藻之于采色,特一端耳,何足以尽其妙!"归震川《与沈敬甫书》云:"近来俗子论文,颇好剪纸染采之花,遂不知复有树上天生花也。"斯言真有味哉!

卷 四

刚 柔

自《易·贲卦·彖传》言"柔来而文刚","分刚上而文柔"。"刚柔交错,天文也。文明以止,人文也。观乎天文,以察时变;观乎人文,以化成天下。"《说卦传》又言:"分阴分阳,迭用柔刚,故易六位而成章。"文章之体之本于阴阳、刚柔,其来远矣,顾后世文学家未有论及此者,惟《宋书·谢灵运传论》言"志动于中,歌咏外发",尝推本于"民禀天地之灵,含五常之德,刚柔迭用,喜愠分情"。刘彦和《文心雕龙·熔裁》篇云:"刚柔以立本,变通以趋时。立本有体,意或偏长;趋时无方,辞或繁杂。蹊要所司,职在熔裁。"皆以此为言,而未畅厥旨。及惜抱先生《答鲁絜非书》,言之乃详。其说曰:"鼐闻天地之道,阴阳、刚柔而已。文者,天地之精英,而阴阳、刚柔之发也。惟圣人之言,统二气之会而弗偏。然而《易》《诗》《书》《论语》所载,亦间有可以刚、柔分矣,值其时其人,告语之体各有宜也。自诸子而降,其为文无弗有偏者。其得于阳与刚之美者,则其文如霆,如电,如长风之出谷,如崇山峻岩,如决大川,如奔骐骥;其光也如杲日,如火,如金镠铁;其于人也,如凭高视远,如君而朝万众,如鼓万勇士而战之。其得于阴与柔之美者,则其文如升初日,如清风,如云,如霞,如烟,如幽林曲涧,如沦,如漾,如珠玉之辉,如鸿鹄之鸣而入寥廓;其于人也,漻乎其如叹,邈乎其如有思,暖乎其如喜,愀乎其如悲。观其文,讽其音,则为文者之性情、形状,举以殊焉。且夫阳刚、阴柔,其本一端,造物者糅,而气有多寡进绌,则品次亿万,以至于不可穷,万物生焉。故曰一阴一阳之谓道。夫文之多变,亦若是已。糅而偏胜可也;偏胜之极,一有一绝无,与夫刚不足为刚,柔不足为柔者,皆不可以言文。今夫野人孺子闻乐,以为笙歌弦管之会尔;苟善乐者闻之,则五音十二律必有一当,接于耳而分矣。夫论文者岂异于是乎?宋朝欧阳、曾公之文,其才皆偏于阴与柔之美者也。欧公能取异己者之长而时济之;曾公能避所短而不犯。抑人之学文,其功力所能至者,陈义理必明当,布置、取舍、繁简、廉肉不失法度,辞雅驯不芜而已。古今至此者,盖不数数得,然尚非文之至;文之至者,通于神明,人力不及施也。"篇中言"刚不足为刚、柔不足为柔"者,恐世之浅者借口,以犷悍为阳刚,以靡弱不振为阴柔也。其言"一有一绝无""不可言文"者,盖阳刚、阴柔之分,亦言其大概而已。必刚柔相错而后为文,故阳刚之文,亦具阴柔之美,特不胜其阳刚之致而已;阴柔亦然。止可偏胜,而不可以绝无。《礼记·乐记》云:"刚气不怒,柔气不慑。"正以此。

是后,曾文正公演之,析而为太阳、太阴、少阳、少阴四象。以气势为太阳之类,趣味为少阳之类,识度为太阴之类,情韵为少阴之类。其分古近体诗,亦欲为四属,而别增机神一类,然所钞十八家五言古诗,乃刻四类字朱印本诗下,曰"气势""识度""情韵",与文同;曰"工律",与文异;而无"机神"之说,盖仍用四类也(见吴挚甫《记古文四象后》)。至论各类所宜,谓"阳刚者,气势浩瀚;阴柔者,韵味深美。浩瀚者,喷薄而出之;深美者,吞吐而出之"。"论著、词赋、奏议、哀祭、传志、叙记宜喷薄,序跋、诏令、书牍、典志、杂记宜吞吐。其一类微有区别者,如哀祭虽宜喷薄,而祭郊社、祖宗则宜吞吐;诏令虽宜吞吐,而檄文则宜喷薄;书牍虽宜吞吐,而论事则宜喷薄。"论文境之妙,谓"阳刚之美,莫要于'雄''直''怪''丽'四字;阴柔之美,莫要于'茹''远''洁''适'四字"。而各为之赞。于"雄"字曰:"划然轩昂,尽弃故常;跌宕顿挫,扪之有芒。"于"直"字曰:"黄河千里,其体仍直;山势如龙,转换无迹。"于"怪"字曰:"奇趣横生,人骇鬼眩,《易》《元》《山经》,张、韩互见。"于"丽"字曰:"青春大泽,万卉初葩,《诗》《骚》之韵,班、扬之华。"于"茹"字曰:"众义辐凑,吞多吐少,幽独咀含,不求共晓。"于"远"字曰:"九天俯视,下界聚蚁,寡寐周、孔,落落寡群。"于"洁"字曰:"冗意陈言,颣字尽芟,慎尔褒贬,神人所监。"于"适"字曰:"心境两闲,无营无待,柳记、欧跋,得大自在。"(并《日记》)论古今文家得阳刚之美者,曰庄子,曰扬雄,曰韩愈,曰柳宗元;得阴柔之美者,曰司马迁,曰刘向,曰欧阳修,曰曾巩(尺牍)。又尝言:"文章以气象光明俊伟,为最难能而可贵,如久雨初晴,登高山而望旷野;如楼俯大江,坐明窗净几之下,而可以远眺;如英雄侠士裼裘而来,绝无龌龊卑鄙之态。此三者,皆光明俊伟之象。文中有此气象者,大抵得于天授,不关乎学术。自孟子、韩子而外,惟贾生及陆敬舆、苏子瞻得此象为多。"(《鸣原堂论文》)据此,则光明俊伟,乃阳刚之胜境。孟、贾、韩固得阳刚之美,而陆、苏殆其亚也。又言:"知道者,时时有忧危之意。其临文亦然。仲尼称:'《易》之兴也,其于中古乎;作《易》者,其有忧患乎?'又曰:'于稽其类,其衰世之意耶?'盖深有见于前圣之危心远虑,而揭其不得已而有言之故。即夫子之释《中孚》二、《同人》五等七爻,《咸》四、《困》三、《解》上等十一爻之辞,抑何其惕厉而深至也。盖饱经乎世变之多端,则常有跋前疐后之惧;博识乎义理之无尽,则不敢为臆断专决之辞。自孟子好为直截俊拔之语,已不能如仲尼之谦谨,而况其下焉者乎?后世如诸葛武侯之书牍,纡徐简远,差明此义。而曾子固亦有宛转思深之处。此外则词与义俱尽,尚何谦谨之有哉?或词之所至,而此心初未尝置虑于其间,又乌知所谓忧危者哉?"(《笔记》)据此,则忧危谦谨,乃阴柔之胜境。南丰固全得阴柔之美,而诸葛公盖亦其类也。案文正既以四象申惜抱之意,尝选文以实之,而授其目于吴挚甫先生。其后挚翁刊示后进,并述张廉卿之言,又以二十字分配阴阳,谓神、气、势、骨、机、理、意、识、脉、声,阳也;味、韵、格、态、情、法、词、度、界、色,阴也。则充其类而尽之矣。至于惜抱先生《复陈东浦方伯书》云"当者立碎",此境似亦当属阳刚。曾文正《与吴南屏书》云"字字若履危石而下,落纸乃迟重绝纶",此境似亦当属阴柔。

夫阳刚、阴柔二者,各擅所长如此。而世顾重视阳刚,轻视阴柔者。管异之《与友人论文书》云:"仆闻文之大原出于天,得其备者,浑然如太和之元气。偏焉而入于阳,与偏焉而入于阴,皆不可以为文章之至境。然而自周以来,虽善文者亦不能无偏。仆谓与其偏于阴也,则无宁偏于阳。何也?贵阳而贱阴、伸刚而绌柔者,天地之道,而人之所以为德者也。孔子曰:'吾未见刚者。'曾子曰:'士不可以不弘毅,任重而道远。'圣贤论人,重刚而不重柔,取宏毅而不取巽顺。夫为文之道,岂异于此乎?古来文人陈义吐辞徐婉不失态度,历代多有;至若骏桀廉悍称雄才而足号为刚者,千百年而后一遇焉耳。甚矣,阳之足贵也。然仆以为是有天焉,有人焉。得天之刚,世亦无几,其馀必进之以学。进之以学者,孟子所云'以直养而无害'是也。日蓄吾浩然之气,绝其卑靡,遏其鄙吝,使夫为体也常宏,而其为用也常毅,则一旦随其所发,而至大至刚之概,可以塞乎天地之间矣。如此则学问成,而其文亦随之以至矣。取道之原,六经其至极也;而论其从入之途,则《公羊》《国策》、贾谊、太史公,皆深得乎阳刚之美者。诚熟复之,当必更有所进耳。"此篇颇足与姚、曾之说相参。但管氏以太史公为阳刚,与文正异,岂因其气之雄奇、趣之诙诡而云然欤?若曾氏则又以其多顿挫之笔、跌宕之姿、呜咽之声、吞吐之致,皆得阴柔之胜境也。夫文正固尝以太史公为文家之王都矣。然则纵不能如孔子之浑然元气,其于阴阳二类,亦庶几备之。是以吕月沧辑吴仲伦《古文绪论》云:"文章之道,刚柔相济。《史记》及韩文,其两三句一顿,似断不断极多。要有灏气潜行,虽陡峻亦寓绵邈。且自然恰好,所以为风神绝世。"文正《日记》又云:"造句约有二端:一曰雄奇,一曰惬适。雄奇者,瑰玮俊迈,以扬、马为最;恢诡恣肆,以庄生为最;兼擅瑰玮、恢诡之胜者,则莫盛于韩子。惬适者,汉之匡、刘,宋之欧、曾,均能细意熨帖,朴属微至。雄奇者,得之天事,非人力所可强企;惬适者,诗书酝酿,岁月磨炼,皆可日起而有功。惬适未必能兼雄奇之长,雄奇则未有不惬适者。学者之识,当仰窥于瑰玮俊迈、恢诡恣肆之域,以期日进于高明。若施手之处,则端从平实惬适始。"又云:"凡为文,用意宜敛多而侈少,行气宜缩多而伸少。推之孟子不如孔子处,亦不过辞昌语快,用意稍侈耳。后人为文,但求其气之伸;古人为文,但求其气之缩。气恒缩则词句多涩。然深于文者,固当从这里过。"恽子居《与纫之论文书》云:"古文从入之途有要焉:曰其气澄而无滓也，积之则无滓而厚也；其质整而无裂也，驯之则无裂而能变也。"观此数说，则阳刚之文，固难能而可贵；而学者从事于此，不能不先求平实惬适及夫"茹"与"洁"者，是阴柔之文必当研究，又可知矣。

且惜抱先生即"欧公取异己者之长而时济之，曾公避所短而不犯"并举以告絜非，可知有此两种办法。所谓"取异己者之长以自济"者，管氏"进之以学"一语，已得其旨。而曾文正《与张廉卿书》云："足下为古文，笔力稍患其弱。昔姚氏论文，有阳刚、阴柔之分，二者画然不相谋；然柔和渊懿之中，必有坚劲之质、雄直之气运乎其中，乃有以自立。足下气体近柔，望熟读扬、韩各文，而参以两汉古赋，以救其短，何如？"亦"取异己者之长以自济"之意也。然而人各有能有不能，若必难进于阳刚，惟有用"避所短而不犯"之法，此亦非"进之以学"不可。是故惜抱先生评刘子政《战国策序》云："此文固不若《过秦论》之雄骏，然冲溶浑厚，无意为文，而自能尽意，若《庄子》所谓'木鸡'者，此境亦贾生所无也。"又《与陈硕士书》云："所寄古文，大抵正有馀而奇不足。此不必勉为奇，但益求其醇厚，即自贵耳。古人不云'善用其短'乎？"

奇　正

昔庄周自称"其书虽瑰玮而连犿无伤也,其辞虽参差而俶诡可观"。其后扬子《法言·君子》篇遂有"子长爱奇"之语。韩退之《送穷文》亦自称其文"不专一能,怪怪奇奇,不可时施,只以自嬉"。柳子厚《答韦珩示韩愈相推以文墨事书》,谓"退之所敬者,司马迁、扬雄。迁与退之,固相上下;若雄者,如《太玄》《法言》及'四赋',退之独未作耳,决作之,加恢奇,至他文过扬雄远甚。雄之遣言措意,颇短局滞涩,不若退之猖狂恣睢,肆意有所作。若然者,使雄来尚不宜推避,而况仆耶?"又《读韩愈所著毛颖传后题》,谓"退之为《毛颖传》,读之若捕龙蛇,搏虎豹,急与之角而不敢暇,信韩子之怪于文也"。苏子瞻《书子由超然台赋后》,谓"子由之义,词理精确不及吾,而气体高妙,吾所不及。虽各欲以此自勉,而天资所短,终莫能脱。至于此文,则精确高妙,殆两得之"。而子由则曰:"子瞻之文奇,吾文但稳而已。"由是观之,古来文家,未有不以奇为尚者,其故何哉?刘彦和尝言之矣。《文心雕龙·神思》篇云:"夫神思方运,万途竞萌,规矩虚位,刻镂无形,登山则情满于山,观海则意溢于海,我才之多少,将与风云而并驱矣。方其搦翰,气倍辞前;暨乎成篇,半折心始。何则？意翻空而易奇，言征实而难巧也。"退之亦言之矣，《答刘正夫书》云："夫百物朝夕所见者，人皆不注视也；及观其异者，则共观而言之。夫文岂异于是乎！是故为文章者，说平实之理，载庸常之行，最难制胜。必力去陈言，标新领异，然后为佳。"古今文人好奇，其原因盖在于此。

虽然，此种文字虽极可喜，然非根本深，魄力厚，而以鸷悍之气，喷薄之势，诙诡之趣，崛强之笔，浓郁之辞，铿锵之调行之，必不能窥其奥窔。使初学而骤希乎此，其流弊可胜言乎？故《文心雕龙·定势》篇云："旧炼之才，执正以驭奇；新学之士，逐奇而失正。"苏子瞻《答黄鲁直书》亦云："晁君骚词细看甚奇丽，信其家多异材耶！然有少意，欲鲁直以己意微箴之。凡人文字，当务使平和至足之馀，溢为怪奇，盖出于不得已也。晁文奇丽似差早。"东坡言"不得已"三字形容最妙。此先生《南行前集序》所以云："自少闻家君之论文，以为古之圣人，有所不能自已而作者。"而《与谢民师推官书》所以云："文章之境，如行云流水，初无定质。但常行于所当行，止于不可不止，文理自然姿态横生也。"庄子言己之书，"充实不可以已"（《天下》）。孟子曰："予岂好辨战？予不得已也。"（《滕文公》）《汉书·艺文志》谓"齐、韩《诗传》取《春秋》，采杂说，咸非其本义与不得已。"皆深知此意者也。八家之文，惟韩公最奇。然李习之为之祭文，既曰"开阖怪骇，驱涛涌云"，又必曰"拨去其华，得其本根"。皇甫持正为之墓志铭，既曰"茹古涵今，无有端涯；浑浑灏灏，不可窥校。及其酣放，毫曲快字，凌纸怪发，鲸铿春丽，惊耀天下"；又必曰"栗密窈眇，章安句适，精能之至，入神出天"。李南纪作《昌黎集序》，既曰"汗澜卓踔，齑泫澄深，诡然而蛟龙翔，蔚然而虎凤跃，锵然而韶钧鸣"；又必曰："日光玉洁，周情孔思，千态万貌，卒泽于道德仁义，炳如也。"呜呼！此公之所以承八代之后，而振其衰，以返之于三代两汉欤？考唐自贞观以后，文士皆沿旧体。经开元、天宝，诗格大变，而文格犹然。迨元结、独孤及出，乃有意湔除，萧颖士、李华左右之。盖复古之功，其来有渐。其后韩公继起，乃臻极盛。然同时之士，惟子厚一人，足以肩随，馀子往往不能无弊。是以《新唐书·韩愈传》云："惟愈为之，沛然若有馀。其徒李翱、李汉、皇甫湜从而效之，遽不及远甚。"苏子瞻《谢欧阳内翰书》云："唐之古文自韩愈始，其后学韩而不至者为皇甫湜，学皇甫湜而不至者为孙樵。自樵以降，无足观矣。"《四库全书总目》于《李元宾集》云：观为李华从子，以古文与韩愈相砥砺。"其后愈文雄视百世"，而观文"雕琢艰深，或格格不能自达"。于《欧阳行周集》云："詹与李观、韩愈同年举进士，皆出陆贽之门。今观詹之文，与观相上下，去愈甚远。"于《绛守居园池记注》云："长庆三年，樊宗师官绛州刺史，即守居构园池，自为之记，文僻涩不可句读，好奇者多为之注。然其字句多不师古，不可训诂考证，诸家第推测以求通。一篇之文，仅七百七十七字，而众说纷纷，终无定论。别有《越王楼诗序》，僻涩与此文相类。"于《皇甫持正集》云：湜"与李翱同出韩愈，翱

— 165 —

得愈之醇,而湜得愈之奇崛"。"郑玉《师山遗文》有《与洪君实书》",谓其"言语叙次","著力铺排,往往反伤工巧,终无自然气象"。于《孙可之集》云:"樵《与王霖秀才书》云:'某尝得为文真诀于来无择,来无择得之皇甫持正,皇甫持正得之韩吏部退之。'其《与友人论文书》又复云然。今观三家之文,韩愈包孕群言,自然高古;而皇甫湜稍有意为奇;樵则视湜益有努力为奇之态,其弥有意于奇,是其所以不及欤!"合而观之,韩门诸子,不可谓非耿介拔俗;然奇崛之境之不易到,亦即诸子而可知。是以洪景卢《容斋随笔》云:"《毛颖传》成,世人多笑其怪,虽裴晋公(度)亦不以为可,惟柳子独爱之。韩子以文为戏,本一篇耳,妄人既附以《革华传》。至于近时《罗文》《江蟺》《叶嘉》《陆吉》诸传,纷纭杂沓,皆托以为东坡,大可笑也。"方望溪评韩公《进学解》亦云:"退之为此与《毛颖传》同,以示其才无所不可,盖别调也。而茅鹿门以为'正正之旂,堂堂之阵',是谓不知而强言。"

且夫诸子以有意为奇之故,文章日流险僻,而不能造于自然,势将授人以口实。唐末繁缛之文,因复鸣于时,历五季以至宋初而不可革。但繁缛必词胜于理,甚者或流媟黩,或入轻靡,弊视险僻为更甚。故宋之君子多非之,柳开、穆修之徒是也。开之学及身而止;修传于尹洙,洙与永叔为友,永叔始亦工骈俪之体,由洙乃为古文。其《记旧本韩文后》云:"予少家汉东,得旧本《唐昌黎先生集》于州南李尧辅家,因乞以归,读之,觉其言深厚而雄博。然予少未能悉究其义，徒见其浩然无涯，若可爱。是时天下学者，扬、刘之作，号为时文，能者取科第、擅名声，以夸荣当世，未尝有道韩文者。予亦方举进士，以礼部诗赋为事，年十有七试于州，为有司所黜，因取韩氏之文复阅之，则喟然叹曰：'学者当至于是而止尔！'因怪时人之不道，而顾己亦未暇学，时独念于予心。后七年举进士及第，官于洛阳，而尹师鲁之徒皆在，遂相与作为古文。其后天下学者亦渐趋于古，而韩文遂行于世，至于今盖三十馀年，学者非韩不学也。"大抵仲涂、伯长始为于风气初开，明而未融，与元次山、独孤至之（及）同，其先导之功不可没亦同。及庐陵出，而宋之文章又极盛，虽云"再复于古"，然永叔与南丰曾氏、眉山三苏氏皆变退之之奇崛而为平易。惟临川王氏差近退之，要亦不过峭折而已，未能雄浑也。先姜坞府君《援鹑堂笔记》谓"荆公坚瘦，又昌黎一节之奇，盖得其深处"。但介甫学韩，究不可谓非有得者。即永叔以深婉胜，未尝不绵远；子固以醇厚胜，未尝不宽博；三苏以条达胜，未尝不精悍。若明之归氏，清之方氏、姚氏、梅氏，虽气清体洁，足为一代正宗；而末流不免薄弱。曾文正公思有以挽之，故教人由介甫学韩，由山谷学杜；又使之用力《说文》《文选》，以求深古雄厚。第此境方、姚固不能到，而论文则已见及之，如方氏《古文约选序例》云："古文气体，所贵澄清无滓。澄清之极，自然而发其光精，则《左传》《史记》之瑰丽浓郁是也。"是彼以清洁为始境，并不以为止境，可知。又云："始学而求古求典，必流为明七子之伪体。"则所以防貌袭之病也。文正《日记》云："韩文之妙，实从相如、子云得来。"又云："韩文实从扬、马得来，而参以孔孟之义理，所以雄视千古。"今案《援鹑堂笔记》云："文学自是贵藻丽奇怪。屈、宋以来，再变而为相如、子云，皆如此。昌黎《南海神庙碑》，壮丽从相如来，岂宋人所能及？"惜抱先生《与张翰宣书》亦云："司马相如自是西汉之杰，昌黎《南海神庙碑》中叙景瑰丽处，即效相如赋体。但退之学人，必变其貌而取其神，故不觉耳。韩公效相如处颇多，故称之不容口。"是则文正所悟而得者，姚氏亦先言之矣。

然则吾人今日从事于此，以奇者为宗乎？抑以正者为宗乎？曰：《进学解》云："《易》奇而法，《诗》正而葩。"盖奇而不法，险僻而已，非奇也；正而不葩，肤庸而已，非正也。方密之（以智）《通雅》云："《论语》'鲜矣仁'，《孟子》'豕交之也'，何尝不奇。"又曰："格莫奇于《诗》，如《无羊》篇先叙饮讹之状。忽曰牧人乃梦，变鱼变旐，从而占之，何其幻乎！《采绿》忆远，忽而作计，此后永不相离，'薄言观者'，冷缀便收。至于《正月》《小弁》《雨无正》之沉悼，《巷伯》《彼何人斯》之激怒，章法次第，最称神品，皆非后人能仿佛也。《离骚》之登天入水，作如何会？华胥之钧天，作如何会？古诗之结婚遗鲤，书字不灭，作如何会？渊明之干戚掷杖，乞酒与年，作如何会？其指远矣。"又云："'渔父鼓枻而去'。屈原似为所诃矣，且问是一人耶？二人耶？'东方有一士'，又曰'我欲观其人'，我是谁？东方之士是谁？夫奇必如此，虽迷离变化，而不失自然。"故《通雅》又引吴立夫（莱）之言云："作文如用兵，有正有奇。正者，文之法；奇者不为法缚，千变万化，坐作击刺，一时俱起者也。及正部还伍，则肃然未尝乱。"然则二者途殊，未始不同归。但入门之初，正易奇难。观惜抱先生《与王铁夫书》云："夫古人文章之体非一类，其瑰玮奇丽之振发，亦不可谓其尽出于无意也。然要是才力气势驱使之所必至，非勉力而为之也。后人勉学，觉积累纸上，有如赘疣。故文章之境，莫佳于平澹。措语遣意，有若自然生成者，此熙甫所以为文家之正传也。"又《与陈硕士书》云："文之出奇怪，惟功深以待其自至，却又须常将太史公、韩公境界悬置胸中，则笔端自与寻常境界相远。"又《与伯昂从孙书》云："大抵作诗平易则苦无味，求奇则患不稳。去此两病，乃可言佳。"此皆谓奇怪乃文章胜境，而未可一蹴几也。

雅　俗

孔子曰："恶郑声之乱雅乐也。"（《阳货》）又曰："郑声淫。"（《卫灵》）《诗序》曰："雅者，正也。"《书传》曰："淫，过也。"大抵文之过于生者，为怪僻，为直率，为粗硬；过于熟者，为滑易，为轻靡，为纤弱，皆淫也，即皆俗也。顾俗者众而风行一时，反以雅者为澹泊无味。昔《庄子·天地》篇云："大声不入于里耳；《折杨》《皇荂》（一作"华"），则嗑然而笑。是故高言不止于众人之心，至言不出，俗言胜也。"韩退之《与冯宿论文书》云："仆为文久，每自测，意中以为好，则人必以为恶矣。小称意人亦小怪之，大称意即人必大怪之也。时时应事，作俗下文字，下笔令人惭，及示人，则人以为好矣。小惭者亦蒙谓之小好，大惭者即必以为大好矣。"然则雅俗之不相容，虽冰炭异性，薰莸异气，不足以喻。顾不欲文章之工则已；如欲其工，就雅去俗，实为首务。是以归震川《与沈敬甫书》云："仅有一篇好者，却安排几句俗语在前，便触忤人，如好眉目又著些疮痏，可恶！"惜抱先生《与陈硕士书》云："大抵作诗、古文，皆急须先辨雅俗。俗气不除尽，则无由入门，况求妙绝之境乎？"方植之《昭昧詹言》云："古人论文，必曰'一语不落凡近'，小家不能自立，只是不解此义。""以凡近之心胸，凡近之才识，未尝深造笃嗜，不知古人之艰穷怪变险阻难到可畏之处，而又无志自欲独出古今，故不能割舍凡近也。""但脱凡近，便是古人。"又云"学古而真有得，即有败笔，必不远背于大雅"，其本不二也。尝见后世诗文家，亦颇有似古人处，而其他篇或一篇中，忽又入以极凡近卑陋语，则其人心中，于古人必无真知真好，故不能了然于雅俗之辨。譬如王、谢子弟，虽遭造次颠沛，决不作市井乞儿相。又云："读古人诗，须观其气韵。气者，气味也；韵者，态度风致也。如对名花，其可爱处，必在形色之外。气韵分雅俗，意象分大小高下，笔势分强弱，而古人妙处，十得六七矣。"张廉卿《答刘生书》云：

"夫文章之道，莫要于雅健。欲为健而厉之已甚，则或近俗；求免于俗，而务为自然，又或弱而不能振。古之为文者，若左丘明、庄周、荀卿、司马迁、韩愈之徒，沛然出之，言厉而气雄，然无有一言一字之强附而致之者也。措焉而皆得其所安，文惟此为最难。知其难也，而以意默参于二者之交，有机焉以寓其间，此固非朝暮所能企，而亦非口所能道。治之久，而一旦悠然自得于其心，是则其至焉耳。至之之道无他，广获而精导，熟讽而湛思。舍此则未有可以速化而袭取之者也。"

观以上诸家之说，可恍然于雅俗之不能不急辨矣。虽然，欲求其雅而不致于俗，有本原焉，则绩学其要也。故诸葛武侯《戒子书》云："夫学须静也，才须学也。非学无以广才，非志无以成学。"刘彦和《文心雕龙·事类》篇亦云："夫姜桂因地，辛在本性；文章由学，能在天资。才自内发，学以外成。有学饱而才馁，有才富而学贫。学贫者迍邅于事义，才馁者劬劳于辞情。此内外之殊方也。是以属意立文，心与笔谋，才为盟主，学为辅佐。主佐合德，文采必霸；才学褊狭，虽美少功。"虽然，绩学固文章之要事，而尤有本原焉，则洗心之谓也。昔黄山谷《书缯卷后》云："余尝为少年言：士大夫处世可以百为，惟不可俗，俗便不可医也。或问不俗之状，老夫曰：难言也。视其平居无以异于俗人，临大节而不可夺，此不俗人也；平日终日如含瓦石，临事一筹不画，此俗人也。虽使郭林宗、山巨源复生，不易吾言也。"又《与声叔六侄书》云："日月易失，官职自有命，但使腹中有数百卷书，略识古人义味,便不为俗士矣。"观此可见雅俗全在人品上分别,人品全在心源上分别。故山谷《与人书》又云:"要须心地收汗马之功,读书乃有味。"苏子瞻尝诵杜子美"王侯与蝼蚁,同尽随丘墟。愿闻第一义,回向心地初"之句,以为此老诗外尚有事在,是以自为之诗亦云:"世事浮云改,此心孤月明。"王厚斋《困学纪闻》因引以验其晚年所造之深。其后陆放翁示子诗云"汝果欲学诗,工夫在诗外",与东坡如一鼻孔出气。归震川《史记总评》云:"我喜怒哀乐一样不好,不敢读史。必读,得我与史为一,乃敢下笔。"夫读史且然,作文可知。故《与沈敬甫书》又云:"昨文殊未佳,想是为外面慕羶蚁聚之徒动其心,却使清明之气扰乱而不能自发也。"建宁朱梅崖(仕琇)《答李瑶玉书》云:"读书在先高其志,洁其心,不以外之闻见动吾耳目,然后有以自置。自置者,世虑屏而心渐同乎古人也。同乎古人,则吾心古人之心也,以观古人之言,犹吾言也;其于文也,将有不期高而自高者。"山阳潘彦辅(德舆)《养一斋诗话》云:"夫所谓雅者,非第词之雅驯而已;其作诗之由,必脱弃势利,而后谓之雅也。今种种斗靡骋妍之诗,皆趋势弋利之心所流露也。词纵雅而心不雅矣,心不雅则词不能掩矣。"先考慕庭府君(讳浚昌)《叩瓴琐语》云:"人若有一毫名利心未净,则文字间必有一分俗。"其皆此旨欤!

然而修词之功,亦不可少,故退之汲汲于去陈言。李习之《答朱载言书》申之云:"列天地,立君臣,亲父子,别夫妇,明长幼,浃朋友,六经之旨也;浩乎若江海,高乎若丘山,赫乎若日火,包乎若天地,掇章称咏,津润怪丽,六经之词也。创意造言,皆不相师。故其读《春秋》也,如未尝有《诗》也;其读《诗》也,如未尝有《易》也;其读《易》也,如未尝有《书》也;其读屈原、庄周也,如未尝有六经也。故义深则意远,意远则理辨,理辨则气直,气直则辞盛,辞盛则文工。如山有恒、华、嵩、衡焉,其同者高也,其草木之荣不必均也;如渎有淮、济、河、江焉,其同者出源到海也,其曲直、浅深、色黄白不必均也;如百品之杂焉,其同者饱于肠也,其味咸、酸、苦、辛不必均也。此因学而知者也。此创意之大归。天下之语文章,有六说焉。其尚异者,则曰:文章辞句奇险而已;其好理者,则曰:文章叙意苟通而已;其溺于时者,则曰:文章必当对;其病于时者,则曰:文章不当对;其爱难者,则曰:文章宜深不当易;其爱易者,则曰:文章宜通不当难。此皆情有所偏滞而不流,未识文章之所主也。义不深不至于理,言不信不在于教劝,而词句怪丽者有之矣,《剧秦美新》、王褒《僮约》是也。其理往往有是者,而词章不能工者有之矣,刘氏《人物表》、王氏《中说》、俗传《太公家教》是也。古之人能极于工而已,不知其词之对与否、易与难也。《诗》曰:'忧心悄悄,愠于群小。'此非对也。又曰:'遘闵既多,受侮不少。'此非不对也。《书》曰:'朕聖讒说殄行,震惊朕师。'《诗》曰:'菀彼桑柔,其下侯旬,捋采其刘,瘼此下人。'此非易也。《书》曰:'允恭克让,光被四表,格于上下。'《诗》曰:'十亩之间兮,桑者闲闲兮,行与子旋兮。'此非难也。学者不知其方,而称说云云,如前所陈者,非吾之敢闻也。六经之后,百家之言兴,老聃、列御寇、庄周、鹖冠、田穰苴、孙武、屈原、宋玉、孟轲、吴起、商鞅、墨翟、鬼谷子、荀况、韩非、李斯、贾谊、枚乘、司马迁、相如、刘向、扬雄,皆足以自成一家之文,学者之所师归也。故义虽深,理虽当,词不工者不成文,宜不能传也。文、理、义三者兼并,乃能独立于一时,而不泯灭于后代,能必传也。仲尼曰:'言之无文,行之不远。'子贡曰:'文犹质也,质犹文也,虎豹之鞟,犹犬羊之鞟。'此之谓也。陆机曰:'怵他人之我先。'韩退之曰:'唯陈言之务去。'假令述笑哂之状,曰'莞尔',则《论语》言之矣;曰'哑哑',则《易》言之矣;曰'粲然',则谷梁子言之矣;曰'攸尔',则班固言之矣;曰'辗然',则左思言之矣。吾复言之,与前文何以异也?此造言之大归。"黄太冲(宗羲)《论文管见》云:"所谓陈言者,每一题必有庸人思路共集之处,缠绕笔端,剥去一层,方有至理可言。如玉在璞中,凿开顽璞,方始见玉。不可认璞为玉也。"吾邑徐椒存先生(宗亮)亦告永朴云:"文之不洁,非但在字句也。陈义太尽,无含蓄之致;造句虽新,多习见之意,皆不洁也。无意于模仿,而不觉举笔辄见者是矣。"

夫既洗其心,又能绩学,而加以修词,其就雅去俗何难?但欲为佳文,又必待有好题目而后可。归震川《与王子敬书》云:"平生足迹不及天下,又不得当世奇功伟烈书之,增叹耳!"又《与沈敬甫书》云:"可恶俗吏、俗师、俗题,见之令人不乐。"又云:

"子遇连来求两文去，皆俗者。作俗文亦是命。"惜抱先生《与陈硕士书》云："大抵好文字亦须待好题目然后发。积学用功，以俟一旦兴会精神之至，虽古名家亦不过如此而已。"又云："硕士意不满所作文是也。然文亦要好题发之。今只是寿序等题耳，固亦难得好文字矣。"二家所见略同。

综而观之，然后知昔人于文学家之易流于俗者，必兢兢焉辨之。《明史·文苑传》载：王弇洲（世贞）主盟文坛数十年，归震川独目为妄庸巨子。弇洲大憾，久乃心折，题其遗像曰："风行水上，涣为文章。风定波息，与水相忘。千载有公，继韩、欧阳。余岂异趋，久而自伤。"方望溪于钱受之（谦益）文草，亦诋为"秽恶"。惜抱先生《与何砚农书》云："今日诗家，大为榛塞，虽通人不能具正见。吾断谓樊榭（厉鹗）、简斋（袁枚），皆诗家之恶派。此论出必大为世怨怒，然理不可易。"吴挚甫先生与日本人论诗云："白香山自是一大家，能自开境界，前无此体，不可厚非。但其诗不易学，学则得其病痛。苏公独能学而胜之，所以为大才。苏亦谓'元轻白俗'，其所胜白者，以其不轻不俗也。"又云："近世张船山（问陶）之诗，入于轻俗。吾国论诗学者，皆以袁子才（枚）、蒋心馀（士铨）、赵瓯北（翼）、张船山为戒。"如此等语，非故为苛论，正欲为去俗计耳。若夫文学家之近于正者，则崇尚之。如惜翁《与人书》云："大唐宋以后为文者多矣，何以独推归熙甫？以熙甫能于北宋诸贤外，自开境路故也。"又云："熙甫之才气笔力，不能及唐宋韩、欧诸贤，而以与之配者，得文家之真脉，不袭其貌，而神理上通周秦。故才不必大，而可贵。"曾涤生《答南屏书》云："《与欧阳小岑书》中，论及桐城文派，不右刘、姚；至比姚氏于吕居仁，讥评得无少过？刘氏诚非有过绝辈流之诣，姚氏则深造自得，词旨渊雅，其文为世所称颂者，如《庄子章义序》《礼笺序》《复张君书》《复蒋松如书》《与孙扔约论禘祭书》《赠扔约假归序》《赠钱献之序》《朱竹君传》《仪郑堂记》《南园诗存序》《绵庄文集序》等篇，皆义精而词俊，夐绝尘表。其不厌人意者，惜少雄直之气，驱迈之势。姚氏固有偏于阴柔之说，又尝自谢为才弱矣。其论文亦多诣极之语，国史称其'有古人所未尝言，鼐独抉其微，而发其蕴'。惟亟称海峰，不免阿于私好。要之方氏以后，惜抱固当为百年正宗，未可与海峰同类而并薄之也。"如此等语，亦非为恕辞，正欲为就雅计耳。

不特此也。凡古今文章，若就一篇两篇论，则可录者多；然以全体观之，则有不能不从严者。是以惜抱先生《与陈硕士书》云："闻松江姚春木（椿）选国朝文，此不过如《唐粹》《宋鉴》之类，备一朝之人才典章，不可以为论文之极致。如铁夫谓'宋、元人文各有可学'，此只是门面话。如云'体例有可采处'，则凡有遇皆可采，不独宋、元也。如直求可当古文家数者，则南宋虽朱子不为是，况元及明初诸贤乎？"方密之《通雅》云："《史》《汉》、韩、苏、《骚》《雅》、李、杜，此诗文之公谈也。但曰'吾有意在'，则执樵贩而问讯，呼市井而诟谇，亦各有其意在，其如不中节奏、不堪入耳何？"先大父石甫府君《复方彦闻书》

云:"唐、宋诸贤修辞之工,或不逮六朝以前;特其取义甚正,立体尤严,譬诸乐然,虽非清明广大之奏,已绝烦数淫滥之音。"先正论文所以必主八家者,非谓文章极于八家,谓八家乃斯文之途轨也。

繁 简

古人之为文章,无分于繁简也,惟得其宜而已。观刘彦和《文心雕龙·熔裁》篇,其总论熔裁曰:"规范本体谓之熔,剪截浮辞谓之裁。裁则芜秽不生,熔则纲领昭畅,譬绳墨之审分,斧斤之斫削矣。"其论熔曰:"凡思绪初发,辞采苦杂,心非权衡,势必轻重。是以草创鸿笔,先标三准:履端于始,则设情以位体;举正于中,则酌事以取类;归馀于终,则撮辞以举要。然后舒华布实,献替节文。绳墨以外,美材既斫,故能首尾圆合,条贯统序。若术不素定,而委心逐辞,异端丛至,骈赘必多。"其论裁曰:"三准既定,次讨字句。句有可削,足见其疏;字不得减,乃知其密。精论要语,极略之体;游心窜句,极烦之体。谓繁与略,随分所好。引而伸之,则两句敷为一章;约而贯之,则一章删成两句。思赡者善敷,才核者善删。善删者字去而意留,善敷者辞殊而意显。字删而意阙,则短乏而非核;辞敷而言重,则芜秽而非赡。昔谢艾、王济，西河文士，张骏以为艾繁而不可删，济略而不可益，若二子者，可谓炼熔裁而晓繁略矣。"然则繁与简岂有定鹄乎？

自世之不善于文者，或义失之赘，或辞失之芜，于是尚简之说兴焉。此杜元凯《左传序》所以云："言高则旨远，辞约则义微。"陆士衡《文赋》所以云"要辞达而理举，故无取乎冗长"也。厥后，柳子厚《报袁君陈秀才避师名书》称"谷梁子、太史公甚峻洁"。孙可之《与高锡望书》云："在樵宜千百言，足下能数十字辄尽情状，及意穷事际，反若有千百言在笔下。"欧阳永叔作《尹师鲁墓志铭》，谓其"文章简而有法"。先姜坞府君《援鹑堂笔记》云："王介甫文可谓惜墨如金。"惜抱先生《与陈硕士书》云："大抵简峻之气，昌黎为最。更当于此著力。"又云："作文须见古人简质、惜墨如金处。"又云："文已阅过，但加删削尔，然似意足而味长矣。陈无己以曾子固删其文，得古文法，不知鼐差可比子固乎？花木之英，杂于芜草秽叶中，则其光不耀。夫文亦犹是耳。"又云："必欲简峻，莫若更议荆公所为，则笔间自有裁制矣。叙事之文，为繁冗所累，则气不能流行自在，不可不知。"吕月沧辑吴仲伦《古文绪论》云："上等之资从韩入，中等资从柳、王二家入，庶几文品可以峻，文笔可以古。"又云："古来博洽而不为积书所累者，莫如王介甫。渠作文不屑用前人一字，此所以高。"刘融斋《艺概》云："南人文字，失之冗弱者，十常八九，非如荆公笔力之简健，殆不足以矫且振之。"凡此皆尚简之说也。

顾亦有过简而文反不畅。故欧阳公《与徐无党书》云："著撰苟多，他日更自精择，少去其繁，则峻洁矣。然不必勉强。勉强简节之，则不流畅。须待自然之至。"又云："作文之体，先欲奔驰，久当收节，使简重严正，或时自放以自舒。勿为一体，则尽善矣。"顾亭林《日知录》云："辞主乎达，不论其繁与简也。繁简之论兴而文亡矣。《史记》之繁处，必胜于《汉书》之简处。《新唐书》之简也，不简于事而简于文，其所以病也。当日书成进表云：'其事则增于前，其文则省于旧。'《新唐书》所以不及古人者，正在此两句。"曾文正公《复陈右铭太守书》云："既明于戒律，持守勿失，然后下笔，造次皆有法度。乃可专精以理吾之气，深求韩公所谓'相如、子云同工'者，熟读而强探，长吟而反复，使其气若翔翥于虚无之表，其辞跌宕俊迈而不可方物。"盖论其本则循戒律之说，词愈简而道愈进；论其末则抗吾气以与古人之气相翕，有欲求太简而不得者。兼营乎本末，斟酌乎繁简，此自昔志士之所为毕生矻矻，而吾辈所当勉焉者也。又《日记》云："李申甫在此畅谈，言渠文笔所以不甚畅者，为在己之禁令太多，难于下笔耳。余劝其破除禁令，一以条畅为主，凡办事者先贵敷陈条畅。"凡此又不全以尚简为然也。

然则，如之何而可？《日知录》云："《诗》云：'巧言如簧，颜之厚矣。'而孔子亦曰：'巧言令色，鲜矣仁。'又曰：'巧言乱德。'夫'巧言'不但言语，凡今人所作诗赋碑状足以悦人之文，皆巧言之类也。不能不足以为通人；夫惟能之而不为，乃天下之至勇也。故夫子以'刚毅木讷'为'近仁'。"又云："天下不仁之途有二：一为好犯上作乱之人，一为巧言令色之人。二者常相因：有王莽之篡弑，则必有扬雄之《美新》；有曹操之禅代，则必有潘勖之《九锡》。是故乱之所由生也，犯上者为之魁，巧言者为之辅。故大禹谓之'巧言令色孔壬'，而与骧兜、有苗同为一类。甚哉，其可畏也！"又云："《诗》言'莠言'，'莠言'者，秽言也。若郑享赵孟，而伯有赋《鹑奔》之诗；卫侯在郑，而臧孙讥粪土之言是也。君子在官言官，在府言府，在库言库，在朝言朝。狎侮之态，不及于小人；谑浪之辞，不加于妃妾。自世尚通方，人安媒慢，宋玉登墙之见，淳于灭烛之欢，遂乃告之君王，传之文字，忘其秽论，叙为美谈。以至执女手之言，发自临丧之际；啮妃唇之咏，宣于侍宴之馀。于是摇头而舞八风，连袂而歌万岁，去人伦，无君子，而国命随之矣。吾辈若此等语不见于篇牍，则将有不期简而自简者。"顾氏又云："古人之文，不独一篇中无冗复也，一集之中亦无冗复。且如称人之善，见于祭文则不复见于志，见于志则不复见于他文。后之人读其全集，可互见也。又有互见于他人之文，遂不重出者。古人之重爱其言，而不必出于己，大抵如是。吾辈若知此义，则更将有不期简而自简者。"

大抵文章无论为议论，为叙事，必有归宿之处。既有归宿，则首尾一线，岂容支离之义，冗赘之辞，措于其间？昔欧公为范文正公作神道碑、尹师鲁作墓志铭，两家子孙颇有异言。欧公《与杜诉论祁公墓志书》云：先相公"志文不若且用韩公行状添改为之，缘修文字简略，止记大节，期于久远，恐难满孝子之意。范公家神刻,为其子擅自增损,不免更作文字发明,欲后世以家集为信,尹氏子卒请韩太尉别为墓表,以此见朋友、门生、故吏与孝子用心常异。修岂负知己者,尹、范二家亦可为鉴。更思之,然能有意于传久,则须纪大而略小。此可与通识之士语,足下必深晓此。"又第二书云:"《志》文今已撰了,所纪事皆录实,有稽据,皆大节与人之所难者。其他常人所能者,在他人更为巨美,不可不书;于公为可略者,皆不暇书。"其论《尹师鲁墓志》云:"修见韩退之与孟郊联句,便似孟郊诗;与樊宗师作《志》,便似樊文,慕其如此,故师鲁之《志》,用意特深而语简,盖为师鲁文简而意深。又思平生作文,惟师鲁一见,展卷疾读,五行俱下,便晓人深处。因谓死者有知,必受此文。所以慰吾亡友尔,岂恤小子辈哉!"王介甫《答钱公辅学士书》云:"比闻以《铭》文见属,似其意非苟然,故辄为之而不辞,不图乃犹未副所欲。鄙文自有意义,不可改也。如'得甲科为通判;通判之署,有池台竹木之胜',此何足以为太夫人之荣,而必欲书之乎?一甲科通判,苟粗知为辞赋,皆可以得之,何足道哉?至于诸孙亦不足列。孰有五子而无七孙者乎?七孙业之有可道,固不宜略,若皆儿童,贤不肖未可知,列之于义何当也?"苏子瞻为张文定公作《墓志铭》,与其子厚之书云:"《志》文计十日半月可毕。然书大事,略小节,已有六千馀字;若纤悉尽书,万字不了,古无此例也。"方望溪《答乔介夫书》云:"蒙谕为贤尊侍讲公作表志或家传。以鄙意裁之,第可记开海口始末。而以侍讲公奏对车逻河事及'四不可'之议附焉,传志非所宜也。盖诸体之文,各有义法。表志尺幅甚狭,而详载本议,则拥肿而不中绳墨;若约略剪截,俾情事不详,则后之人无所取鉴,而当日忘身家以排廷议之义,亦不得而见矣。"又《与孙以宁书》云:"承命为孙征君作家传。古之晰于文律者,所载之事,必与其人之规模相称。太史传陆、贾,其分奴婢装资琐琐者皆载焉;若萧曹世家,而条举其治绩,则文字虽增十倍,不可得而备。故尝见义于《留侯世家》曰:留侯'所与上从容言天下事甚众,非天下所以存亡,故不著'。此明示后世缀文之士以虚实详略之权度也。征君义侠,舍扬、左之事,皆乡曲自好者所能勉;其门墙广大,乃度时揣己,不敢如孔孟之拒孺悲夷之,非得已也;至论学,则为书甚具。故并弗采著于《传》上。仆此《传》出,必有病其太略者,不知往者群贤所述,惟务征实,故事愈详而义愈狭。今详者略,实者虚,而征君所蕴蓄,转似可得之意言之外。"又《与程若韩书》云:"来示欲于《志》有所增,此未达于文之义法也。夫文未有繁而能工者,如煎金锡,粗矿去,然后黑浊之气竭而光润生。《史记》《汉书》长篇,乃事之体本大,非按节而分寸之不遗也。"以上诸家所论,虽专主叙事言之,然观其所以营度之者,即议论之文,亦可隅反矣。

但文章既因事体之大小,而有详略之分;则篇幅或长或短,自不能不分求之。《援鹑堂笔记》云:"凡作文须令丘壑万状,若小文自须高古,故昌黎云'雍容乎大篇,寂寥乎短章'也。"曾文正《家训》答其子"叙事之文,难于行气"之问,以为不然:

"如昌黎《曹成王碑》《韩许公碑》，固属千奇万变；即卢夫人之《铭》、女挐之《志》，寥寥短篇，亦复雄奇崛强。试将此四篇熟看，则知二大二小，各极其妙。"文正又喜取古文章两两比较，故《日记》云："韩文志传中，有两篇相配偶者，如曹成王、韩许公两篇为偶，柳子厚、郑群两篇为偶，张署、张彻两篇为偶。推此而全集中可为偶者甚多。"如此玩索，最易得力，附录于此，以为后学之法。

疵 瑕

《易》云："其称名也，杂而不越。"（《系辞传》）《诗》云："出言有章。"（《都人士》）夫欲"不越"而"有章"，则凡文章中之疵瑕，非尽涤而去之不可。虽古来名篇，亦或不免。然未可以古人蹈此，而遂不思矫而正之也。

昔左太冲《三都赋序》云："相如赋上林，引'卢橘夏熟'；扬雄赋甘泉，陈'玉树青葱'；班固赋西都，叹以'出比目'；张衡赋西京，述以'游海若'。考之草木，则生非其壤；校之神物，则出非其所。于辞则易为藻饰，于义则虚而无征。"刘彦和《文心雕龙·事类》篇云：陈思"《报孔璋书》言：'葛天之歌，千人唱，万人和，听者因此蔑韶夏矣。'此引事实之谬也。案葛天氏之歌，唱和三人而已。相如《上林》云：'奏陶唐之舞，听葛天之歌，千人唱，万人和。'唱和千万人，乃相如推之（原作"接人"，从黄氏叔琳校改），然而滥侈葛天，推'三'成'万'者，信赋妄书，致斯谬也。陆机《园葵》诗云：'庇足同一智，生理合异端。'夫'葵能卫足'，事讥鲍庄；'葛藟庇根'，辞自乐豫。若譬'葛'为'葵'，则引事为谬；若谓'庇'胜'卫'，则改事失真。"又《指瑕》篇云：陈思"《武帝诔》云：'尊灵永蛰。'《明帝颂》云：'圣体浮轻。''浮轻'有似于胡蝶，'永蛰'颇疑于昆虫，施之尊极，岂其当乎？左思《七讽》，说孝而不从，反道若斯，馀不足观矣。潘岳为才，善于哀文，然悲内兄则云'感口泽'，伤弱子则云'心如疑'。《礼》文在尊极，而施之下流，辞虽足哀，义斯替矣。若夫君子拟人，必于其伦，而崔瑗之诔李公，比行于黄虞；向秀之赋嵇生，方罪于李斯。与其失也，虽宁僭无滥；然高厚之诗，不类甚矣。"《颜氏家训·文章》篇云："北面事亲，别舅摛《渭阳》之咏；堂上养老，送兄赋《柏山》之悲，皆大失也。"李习之《答朱载言书》云："古之人相接有等，轻重有仪，列于经传，皆可详引。如师之于门人则名之；于朋友则字而不名；称之于师，则虽朋友亦名之。子曰：'吾与回也。'又曰：'参乎，吾道一以贯之。'又曰：'若由也，不得其死然。'是师之名门人验也。夫子于郑兄事子产，于齐兄事晏平仲，《传》曰：'子谓子产，有君子之道四焉。'又曰：'晏平仲善与人交。'子夏曰：'言游过矣。'子张曰：'子夏云何？'曾子曰：'堂堂乎张也。'是朋友字而不名验也。子贡曰：'赐也何敢望回？'又曰：'师与商也孰贤？'子游曰：'有澹台灭明者，行不由径。'是称于师朋友亦名验也。孟子曰：天下之达尊三，曰：德、爵、年。恶得有其一以慢其二哉！足下之书，曰'韦君词''杨君潜'。足下之德，与二君未知先后也；而足下齿幼而位卑，而皆名之。《传》曰：'吾见其与先生并行，非求益也，欲速成。'窃惧足下不思乃陷于此。"柳子厚《答杜温夫书》，亦谓其不当称己为周、孔。黄山谷《与王元直帖》又谓"称人'钧候''钧旨''台候''台旨'，必须名位相称，不可妄施"。馀若刘子玄《史通·叙事》篇，论以古词代今语之非，又云："姓氏本复，不可简省从单。"孙可之《与高锡望书》云："史家职官、山川、地理、礼乐、衣服，宜直书一时制度，不当用前代名品。"嘉定钱竹汀（大昕）《跋方望溪文》载临川李巨来（绂）讥望溪省桐城之名而但曰"桐"，以为"县以'桐'名者有五：桐乡、桐庐、桐柏、桐梓，不独桐城"。竹汀《与友人书》，又谓"其人自题'太仆少卿'，沿唐宋之称省'寺'字。若题衔以意更易如此，则学士大夫之著述，转不若吏胥文移之可信"。由此推之，古人于历代帝王年号，未有不书两字者；今人或连用两朝年号，遂减省书之，如曰"顺康"，曰"雍乾"，曰"嘉道"，曰"咸同"之类，古人于高祖之父称"五世祖"，以上依此推之；今人乃自始祖顺数而下。古人以"伯叔"称兄弟，《诗》所谓"伯兮叔兮"也（《萚兮》）；今人乃施之于伯父、叔父。古人女子称其兄弟之子曰"侄"，《左传》

所谓"侄其从姑"也（僖十五年）；今人虽男子亦称兄弟之子为侄，皆甚不合。至《四库全书总目》论《李文公集》云："《集》中《皇祖实录》一篇，立名颇为僭越。夫'皇祖''皇考'文见《礼经》。至明英宗时，始著为禁令。翱在其前，称之犹有说也；若'实录'之名，则六代以来，已定为帝制，《隋志》所载，班班可稽，唐、宋以来，臣庶无敢称者。翱乃以题其祖之行状，殊为不经。"此说亦是，考古于"皇"字本有"君也""大也""美也"诸训，故《仪礼·士虞礼》《特牲馈食礼》《少牢馈食礼》，祝辞皆称"皇祖""皇祖妣"。《礼记·曲礼》："王父曰'皇祖考'，王母曰'皇祖妣'，父曰'皇考'，母曰'皇妣'。"《离骚》："皇览揆余于初度兮。"注："皇，皇考也。"宋欧阳永叔《泷冈阡表》亦云"皇曾祖府君"，"皇祖府君""皇考崇公""皇妣"。然韩魏公（琦）已尝易"皇"为"显"，盖宁谨无僭。其禁令虽始于明，而士大夫之不敢同于帝制，固非一日矣。顾亭林《日知录》云："古人非'三公'不称'公'。此外称之者，必其父、祖，司马迁称父'太史公'是也。不然则尊老之辞，如'冯公''南公''东平嬴公''元城建公'是也。又不然则失其名者，如'新城三老董公''太仓令淳于公''胶西盖公''东园公''夏黄公''河南守吴公'之属是也。"黄太冲《金石要例》云："名位著者称'公'；名位虽著，同辈以下称'君'；耆旧则称'府君'。《昌黎集》中有'董府君''独孤府君''张府君''卫府君''卢府君''韩府君'。有文名者称'先生'，如昌黎之称'施先生''贞曜先生',皇甫湜之称'昌黎韩先生'。友人则称字,如昌黎之于李元宾、樊绍述。"恽子居《大云山房文稿通例》,于监司以上书"公",以下书"君",馀与《金石要例》略同。此皆文章援引故实,及名称之间,所不可不致慎者也。

若夫立言所尚,尤在得体。如欧阳永叔《与尹师鲁书》云:"尝与安道言,每见前世有名人,当论事时,感激不避诛死,真若知义者。及到贬所,则戚戚怨嗟,有不堪之穷愁,形于文字,其心欢戚无异庸人,虽韩文公不免此累。"用此戒安道勿作戚戚之文。苏子由论诗病云:"唐人工于为诗,而陋于闻道。孟郊尝有诗云:'食荠肠亦苦,强歌声无欢。出门如有碍,谁谓天地宽?'郊耿介之士,虽天地之大,无以安其身。起居饮食,有戚戚之忧,亦异乎颜子之在陋巷矣。"平湖陆清献公(陇其)《三鱼堂日记》评唐人诗"一日看除目,十年损道心",以为"何至如此,可见胸无主张"。惜抱先生《五七言今体诗钞》评唐人"要路眼看知己在,不应穷巷久低眉",以为"干乞之辞,唐人多有之,而此等语尤猥陋"。又《古文辞类纂》评苏明允《送石昌言为北使引》,述"昌言官两制,为天子出使万里之外,建大旆,从骑数百,送车千乘,自思为儿时,见昌言先府君旁,安知其至此"。以为"此明允胸襟陋处,昌黎必不然"。方植之《昭昧詹言》云:诗中苦语,"不宜自己正述,恐失之卑俭寒乞;若说则索兴说之,须是悲壮苍凉沉痛,今人感动心脾"。愚谓此种当以东方曼倩(朔)《答客难》、扬子云《解嘲》、韩文公《进学解》《送穷文》为法。其在诗则当如杜子美《醉时歌》所云"但觉高歌有鬼神,焉知饿死填沟壑"。退之《八月十五夜赠张功曹》所云"一年明月今宵多,人生由命非由他。有酒不饮奈明何"为法,自然遣词措意,不至衰飒。凡此皆述遭遇所不可不知者也。郑东甫尝言:"郑康成注经,于先辈之说异己者,必陈于前,而载己说于后,以待后人采择,从不肯加一诋毁语。至同时人乃施攻击焉,发《墨守》,箴《膏肓》,起《废疾》,是也。"盖敬礼先辈,自当如此。永朴妹夫范肯堂(当世)亦言:"文章所尤难者,在乎骂讥王侯将相,而敬慎不渝,与下辈稍解文学、纵情牢骚者,判若天壤。文章虽极诙嘲,而定有一种渊穆气象,望而知为儒人之盛业,与杂家小说不同。"此两说又可为议论先辈与时事之法。前说即《礼记》"儒行博学以知服"之义,后说即《诗序》"主文而谲谏,言之者无罪,闻之者足以戒"之义,至于称述先世,措词亦宜矜慎。昔孔、孟叙列古仁圣贤人备矣,而罕及先德;惟《中庸》赞孔子,独淋漓尽致。此因孔子为万世所宗,无夸饰之嫌而然。他若太史公、班孟坚叙祖考语皆约。欧阳公《泷冈阡表》述其父事于母训之中。曾子固《先大夫集后序》又即其祖平生不得志处,见其大节。归熙甫《先妣事略》亦真朴。昔人所以皆谓为得体。梁茞林《退庵随笔》云:"朱子作《韦斋先生(松)行述》,只平平叙次。伊川为大中(珦)作文,亦无一语褒扬。惟其如此,是以可信。"永朴姊夫马通伯(其昶)尝云:"庄周有言:'孝子不谀其亲,忠臣不谄其君。'夫所谓谀谄者,岂必无其实而虚称以诬之哉!侍言尊者之侧,语贵质而不敢尽也；而或饰之，君子曰，是相疏外之道也。其于为文，亦若是焉而已。据事直书，使览者自得其情，而于言若有所不敢出者，敬之至也。"两说并得之。

又黄山谷《答洪驹父书》云："东坡文章妙天下，其短处在好骂。慎勿袭其轨也。"吕月沧辑吴仲伦《古文绪论》云："《史记》未尝不骂世，却无一字纤刻。柳文如《宋清》《蝜蝂》等传，未免小说气。故姚惜抱于诸传中，只选《郭橐驼》一篇。所谓小说气，不专在字句；有字句古雅，而用意纤刻，则亦近小说。看昌黎《毛颖传》直是大文章。"洪景卢《容斋三笔》云："东汉碑铭载人先代，多只书官，唐宋人又往往只书其人曰'讳某''字某'，不存其名，殊乖孝子慈孙欲显扬先祖之意。"《五笔》云："欧阳公文自称'予'，虽说君上处亦然。而韩公无论施于尊卑皆曰'愈'，谦以下人，此可为法。"会稽章实斋（学诚）《文史通义》论古文十弊，其一云："有投其母行述，请大兴朱先生（筠）作志，叙其母节孝，谓乃祖衰年病废，卧床溲便无时，家无次丁，乃母不避秽亵，躬亲薰濯。其事美矣。又述乃祖于时不安，乃母对曰：'妇年五十，今事八十老翁，何嫌何疑！'呜呼！母行可嘉，而子不肖甚矣。本无介带，何有嫌疑？节母既明大义，必不为是言也。何必斡旋，反如冰雪肌肤剜成疮痏。"其二云："江南旧家修宗谱，有群从先世为子聘某氏女，后以道远家贫，力不能婚，恐失时，伪报子殇，俾女别聘。其女遂不食死，是于守贞、殉烈两无所处，而女实不愧贞烈。据事宜书，翁诚不能无歉然，然究不足为大恶。乃匿其辞曰:'书报幼子之殇,女家误以为婿。'夫千万里无故报幼子殇,又不道及男女婚期,明者皆知其无是理,则因求圆而反病矣。"其三云:"尝见有为人撰志者,末叙丧费出于贵人,乃内亲竭劳其事,询之皆子虚乌有。且其子长成,非必待人经理者也。诘其何以失实至此,则曰:'仿韩文志柳州墓。终篇有归葬"费出观察使裴君行立"。又舅弟卢遵"既往葬子厚,又将经纪其家"。文情深厚,欲似之耳。'削趾适屦,莫此为甚。"其四云:"有名士为人作传,自云:'吾乡学者鲜知根本,惟余及某甲为功于经术耳。'所谓某甲,固有时名,亦未见必长经术,作者乃援附为名,恶矣!又有江湖游士,以诗著名,实亦未副。然有名实出其下者,为人作诗集序,述请者之言曰:'君与某甲齐名,某甲既已弁言,君乌得无题品?'夫齐名本无其说,则请者必无是言,而藉人炫己,颜颊岂复知忸怩哉!"其五云:"雍正间诏裁陋规,惩治贪墨,彼时居官,大法小廉,殆成风俗,时势然也。今观传志碑状之文,亦盛称其时府州县官,杜绝馈遗,清苦自守。不知逼于功令,万人所同,不足为盛节。此之谓不达时势。"其六云:"朱先生尝为故编修蒋君撰志,中叙国家前后平定准回要略,则以蒋君总修方略,独力勤劳,书成身死,而不得叙功故也。后见某中书舍人死,有为作家传者,全袭蒋志原文。盖其人尝任分纂数月,于例得列衔名者耳,其实于书未寓目也。而文人喜于擭事,几等军吏攘功,何可训也!"其七云:"近来学者每见残碑断石,馀文剩字,不关于正义者,往往藉以考古制度,补史缺遗,因之行文贪多务得,明知非要,不惮辞费。夫传人者文如其人,述事者文如其事,足矣。其或有关考证,要必本质所具;即或闲情逸出,正为阿堵传神。不此之务,但知市菜求增,岂非画蛇添足耶?"其八云:"贞烈妇女,明诗习礼,固有之矣;其有未尝学问,或出乡里委巷,甚至佣妪鬻婢,特出天性之优,难期儒雅。每见此等传记,述其言辞,原本《论语》《孝经》,出入《毛诗》《内则》,刘向之《传》,曹昭之《诫》,不啻自其口出,可谓文矣!抑思善相夫者,何必尽识鹿车、鸿案?善教子者,岂皆熟记画荻、丸熊?自文人胸有成竹,遂致闺修皆如版印。与其文而失实,何如质以传真?由是推之,名将起于卒伍,义侠或奋闾阎,言辞不必经生,记述贵于宛肖。世有作者,于此多不致思,是以文为戏也。"馀二条谓不可以时文眼孔作文论文,兹弗备录。

工 夫

魏文帝《典论》云:"盖文章,经国之大业,不朽之盛事,年寿有时而尽,荣乐止乎其身,二者必至之常期,未若文章之无穷。是以古之作者,寄身于翰墨,见意于篇籍,不假良史之辞,不托飞驰之势,而声名自传于后。故西伯幽而演《易》,周旦显而制《礼》,不以隐约而弗务,不以康乐而加思。夫然,则古人贱尺璧而重寸阴,惧乎时之过已。而人多不强力,贫贱则慑于饥寒,富贵则流于佚乐,遂营目前之务,而遗千载之功,日月逝于上,体貌衰于下,忽然与万物迁化,斯志士之大痛也。"王仲任《论衡·射短》篇云:"知古不知今,谓之陆沉;知今不知古,谓之盲瞽。"《颜氏家训·勉学》篇云:"士大夫子弟,数岁以上,莫不被教,多者或至《礼》《传》,少者不失《诗》《论》。及至冠婚,体性稍定,因此天机,倍须训诱。有志尚者,遂能磨砺以就素业;无履立者,自兹惰慢,便为凡人。人生在世,会当有业。农民则计量耕稼,商贾则讨论货贿,工巧则致精器用,伎艺则深思法术,武夫则惯习弓马,文字则讲议经书。多见士大夫,耻涉商贾,羞务工伎,射既不能穿札,笔则才记姓名,饱食醉酒,忽忽无事,以此销日,以此终年,或因家世馀绪,得一阶半级,便谓为足,安能自苦!及有吉凶大事,议论得失,蒙然张口,如坐云雾;公私宴集,谈古赋诗,塞默低头,欠伸而已。有识旁观,代其入地。何惜数年勤学,长受一生愧辱哉!"韩退之《符读书城南诗》云(退之子名昶,符其小字):"文章岂不贵?经训乃菑畲。潢潦无根源,朝满夕已除。人不通古今,马牛而襟裾。行身陷不义,况望多名誉!"凡此皆勉人用力文学之语也。

大抵人果有志于文学,而后有甘苦可言,如陆士衡《文赋》云:"方天机之骏利,夫何纷而不理。思风发于胸臆,言泉流于唇齿。纷葳蕤以馺遝,唯豪素之所拟。文徽徽以溢目,音泠泠而盈耳。及其六情底滞,志往神留。兀若枯木,豁若涸流,揽营魂以探颐，顿清爽于自求。理翳翳而愈伏，思乙乙其若抽。"韩退之《答李翊书》云："愈之所为，不自知其至犹未也。虽然，学之二十馀年矣。始者，非三代两汉之书不敢观，非圣人之志不敢存，处若忘，行若遗，俨乎其若思，茫乎其若迷。当其取于心而注于手也，唯陈言之务去，戛戛乎其难哉！其观于人，不知其非笑之为非笑也。如是者亦有年，犹不改，然后识古书之正伪，与虽正而不至焉者，昭昭然黑白分矣。而务去之，乃徐有得也。当其取于心而注于手也，汩汩然来矣。其观于人也。笑之则以为喜，誉之则以为忧，以其犹有人之说者存也。如是者亦有年，然后浩乎其沛然矣。吾又惧其杂也，迎而距之，平心而察之，其皆醇也，然后肆焉。虽然，不可以不养也。行之乎仁义之途，游之乎《诗》《书》之源，无迷其途，无绝其源，终吾身而已矣。"又《上兵部李侍郎书》云："性本好文学，因困厄悲愁，无所告语，遂得究穷于经、传、史记，百家之说。沉潜乎训义，反复乎句读，砻磨乎事业，而奋发乎文章。"又《进学解》云："先生口不绝吟于六艺之文，手不停披于百家之编，纪事者必提其要，纂言者必钩其元，贪多务得，细大不捐，焚膏油以继晷，恒兀兀以穷年。先生之业，可谓勤矣。"柳子厚《答韦中立论师道书》云："故吾每为文章，未尝敢以轻心掉之，惧其剽而不留也；未尝敢以怠心易之，惧其弛而不严也；未尝敢以昏气出之，惧其昧没而杂也；未尝敢以矜气作之，惧其偃蹇而骄也。抑之欲其奥，扬之欲其明，疏之欲其通，廉之欲其节，激而发之欲其清，固而存之欲其重。此吾所以羽翼夫道也。本之《书》

以求其质，本之《诗》以求其恒，本之《礼》以求其宜，本之《春秋》以求其断，本之《易》以求其动。此吾所以取道之原也。参之谷梁氏以厉其气，参之《荀》《孟》以畅其支，参之《庄》《老》以肆其端，参之《国语》以博其趣，参之《离骚》以致其幽，参之太史以著其洁。此吾所以旁推交通而以为文也。"苏明允《上欧阳内翰书》云："洵少年不学，生二十五岁，始知读书，从士君子游。年既已晚，而又不遂，刻意厉行，以古人自期，而视与己同列者，皆不胜己，则遂以为可矣。其后困益甚，然后取古人之文而读之，始觉其出言用意与己大异；时复内顾，自思其才，则又似夫不遂止于是而已者。由是尽烧其囊时所为文数百篇，取《论语》《孟子》、韩子及其他圣人贤人之文，而兀然端坐终日以读之者七八年矣。方其始也，入其中而惶然，博观于其外，而骇然以惊。及其久也，读之益精，而其胸中豁然以明，若人之言，固当然者，然犹未敢自出其言也。时既久，胸中之言日益多，不能自制，试出而书之，已而再读之，浑浑乎觉其来之易矣。"子瞻自评文云："吾文如万斛泉源，不择地皆可出。在平地滔滔汩汩，虽一日千里无难；及其与山石曲折，随物赋形，而不可知也。所可知者，常行于所当行，常止于不可不止。如是而已矣。其他虽吾亦不能知也。"陆放翁《壬子九月夜读歌诗稿有感》云："我昔学诗未有得，残馀未免从人乞。力孱气馁心自知，妄取虚名有惭色。四十从戎驻南郑，酣宴军中夜连日。打球筑场一千步，阅马列厩三百匹。华灯纵博声满楼，宝钗夜舞光照席。琵琶弦急冰雹飞，羯鼓手匀风雨疾。诗家三昧忽见前,屈、宋在眼原历历。天机云锦为我用,剪裁妙处非刀尺。世间才杰固不乏,秋毫未合天地隔。放翁老死何足论,《广陵散》绝还堪惜。"盖诸家自道其平生之所经历者如此。

若夫因甘苦而知各体之难易,如方望溪《答程夔州书》云:"散体惟记难撰结。论、辨、书、疏,有所言之事,志、传、表、状,则行谊显然;惟记无质干可立,徒具工筑兴作之程期,殿观楼台之位置,雷同铺叙,使览者厌倦,甚无谓也。故昌黎作记,多缘情事为波澜;永叔、介甫则别求义理以寓襟抱;柳子厚惟记山水,刻雕众形,能移人之情;至《监察四门助教》《武功县丞厅壁》诸记,则皆世俗人语言意思。"曾文正公《笔记》云:"古今文字,惟辞赋敷陈之类,大政典礼之类,非博学通识,殆庶之才,不足以涉其藩篱。"而张廉卿先生又告永朴以论说之不易为,其意以为"自诸子后,其足自立者惟《过秦论》《原道》《原性》《原毁》《本论》《志林》十馀篇耳。其他皆无甚补于世,或且有损。故不可不慎"。吾弟叔节亦言:"每见海内才杰,年少气壮,议论之文,多可观者,至于叙述,则凌杂蔓衍,多无法则;或谨于法矣,又索漠少生气。及已得途径,乃觉纪事之文尚易,而议论转难。盖议论必发古人所未得,又其说非关系乎宇宙,能自成一家言,不为工也。以才笔自雄,徒辞费耳。"此皆论古文中诸体者。但先姜坞府君《援鹑堂笔记》引安溪李文贞公(光地)尝语人云:"某友看古文,不从议论文字入手,先读碑版文字,亦是一病。故为文亦长于碑版,若议论文字,便不出色。"此条亦不可不与张廉卿之说合观。至于诗中诸体，洪景卢《容斋三笔》云："予编唐人绝句，得七言七千五百首，五言二千五百首，合为万首。而六言不满四十，信乎其难工也。"曾文正公《家训》云："四言诗最难有声响，有光芒，后世为此体而光如皎日、响若春霆者，惟韩公耳。"惜抱先生《五七言今体诗钞》云："五言排律，古今止杜公，有千门万户、开阖阴阳之意。自来学杜者，他体犹能近似，长律则愈邈矣。"方植之《昭昧詹言》云："诗莫难于七古。七古以才气为主，纵横变化，雄奇浑灏，亦由天授，不可强能。杜公、太白，天地元气，直与《史记》相埒，二千年来，止此二人。其次，则须解古文者，而后能为之。观韩、欧、苏三家，章法剪裁，纯以古文之法行之，所以独步千古。南宋以后，古文之传绝，七言古诗，遂无大宗。"又云："世之文士，无人不作诗，无诗不七律。不知诗之诸体，七律最难，尚在七古之上。何也？七古以才气为主，而驰骤、疾徐、短长、高下，任我之意以为起讫；七律束于八句之中，以短篇须纵横奇恣"，而又"章法井然，所以难也"。

然则学者用功宜如何？窃观古人虽博览群籍，而其所得力者，莫不可屈指而数。除韩、柳已见前所引外，他如王厚斋《困学纪闻》云："东坡得文法于《檀弓》，后山得文法于《伯夷传》。"黄山谷《与王观复书》云："往年尝请问东坡先生作文章之法，东坡云：'但熟读《礼记·檀弓》当得之。'既而取读数百过，然后知后世作文章不及古人之病，如观日月也。"又《与苏大通书》云："凡读书法，要以经术为主。经术深邃，则观史易知人之贤不肖,遇事得失易以明矣。又读书先务精而不务博,有馀力乃能纵横尔。"又《与斌老书》云:"《左传》《前汉书》读得彻否?书不用求多,但要涓涓不废。江出岷山,源若瓮口;及其至于楚国,横绝千里,非方舟不可济。惟其有源而不息,受下流多,故也。"又《与敦礼秘校帖》云:"班固《汉书》最好读。然须依卷帙先后,字字读过,久之,使一代事参错在胸中,便为不负班固耳。"又《与朱圣弼书》云:"能逐日辍一两时,读《汉书》一卷,积一岁之力,所得多矣。遇事繁暂阙,明日辄续,则意味自相接。"苏子由作《欧阳公神道碑》云:"公于六经长于《易》《诗》《春秋》。"又《亡兄子瞻墓志铭》云:"公少与辙皆师先君,初好贾谊、陆贽书,论古今治乱,不为空言。既而读《庄子》,喟然叹息曰:'吾昔有见于中,口未能言;今见《庄子》,得吾心矣。'"陆放翁《老学庵笔记》云:"王荆公有《诗正义》一部,朝夕不离手,字大半不可辨。"又云:"东坡在岭海间,最喜诵陶诗、柳文,谓之'南迁二友'。"朱子平生于经史外,最服膺南丰曾氏,而《语类》又云:"读韩文熟,便能做得韩公文字;读苏文熟,便能做得苏公文字。"据此可见欲为兹学,未有不专心致志读几部紧要书,而能有成者。

其下手方法,则《困学纪闻》载沈亚之《送韩静略序》云:"文之病烦久矣。闻之韩祭酒之言曰:'譬如善艺树者,必壅以美壤,以时沃灌。'"祭酒即韩公也。欧阳公《归田录》云:"余生平所作文章,多在三上:乃马上、枕上、厕上也。盖惟此尤可以属思尔。"《东坡集》载孙莘老(觉)尝乘间问欧阳公以文章,答云:"无他术,惟勤读书而多为之,自工。世人患作文字少,又懒读书,每一篇出,即求过人,如此少有至者。疵病不必待人指摘,多作自能见之。"黄山谷《与洪驹父书》云:"诸文皆好,但少古人绳墨。凡作文须有宗有趣,终始关键,有开有阖,如四渎虽纳百川,或汇而为广泽,汪洋千里,要自发源注海耳。"又《与王立之帖》云:"欲追配古人,须观古人用意曲折处,讲学之,然后下笔。譬如巧女,文绣妙一世,若欲作锦,必得锦机,乃能成锦尔。"刘海峰《论文偶记》云:"凡行文多寡、短长、抑扬、高下,无一定之律,而有一定之妙,可以意会,而不可以言传。学者求神气而得之于音节,求音节而得之于字句,则思过半矣,其要只在读古人文字时,便以此身代古人说话,一吞一吐,皆由彼而不由我。烂熟后,我之神气,即古人之神气;古人之音节,都在我喉吻间;合我之喉吻者,便是与古人神气、音节相似处。久之自然铿锵发金石。"又云:"记得多便可生悟。譬如弈棋,记得谱多,也须有过人之著。"又云:"文章到极妙处,便一字不可移易,所谓'无一定之律,而有一定之妙'。"惜抱先生《与鲁宾之书》云:"夫学文者,利病、短长,下笔时必自知之。更取以与所读古人文较量得失,使无不明了。充其得而救其失,可入古人之室矣,岂必同时人言其优劣哉!言之者未必当,不若精心自知之明也。"《与陈硕士书》云:"学文之法无他,多读多为,以待其一日之成就,非可以人力速之也。士苟非有天启,必不能尽其神妙;然苟人辍其力,则天亦何自而启之哉!"又云:"大抵文字须熟乃妙。熟则利病自明,手之所至,随意生态,常语滞义,不遣而自去矣。"又云:"亦只是熟读多作,固无他法。"又云:"文家有意佳处,可以著力;无意佳处,不可著力。功深听其自至可也,又云:"凡学诗文之事,观览不可不泛傅;若其熟读精思效法者,则欲其少,不欲其多。"梁茝林《退庵随笔》云:"读书贵熟,作文亦然。昔有问欧阳公作文法者,公曰:'吾于贤岂有吝惜?只是要熟耳。变化姿态,皆从熟出也。'"又引毛稚黄之言云:"或疑文有生而佳者,此必熟后之生也。熟后之生必佳;若未熟之生,则生疏而已,焉得佳乎?"曾文正《复邓寅皆书》云:"吾意学者于看、读、写、作四者,缺一不可。看者,涉猎,宜多宜速;读者,讽咏,宜熟宜专。看者,'日知其所亡';读者,'月无忘其所能'。看者,如商贾趋利,闻风即往,但求其多;读者,如富人积钱,日夜摩挲,但求其久。看者,如攻城拓地;读者,如守土防隘。二者截然,不可阙,亦不可混。至写字,不多则不熟,不熟则不速,无论何事,均不能敏以图功。至作文,则所以瀹此心之灵机也。心常用则活,不用则窒。如泉在地,不凿汲则不得甘醴;如玉在璞,不切磋则不成令器。自古名人,虽韩、欧之文章,范、韩之事业,程、朱之道术,断无久不作文之理。故张子云:'心有所开,即便札记,不思则还塞之矣。'"诸家所言,其开示后人,皆极亲切。

大抵读文看文,有用选本与专集两法。选本《四库全书总目》所谓总集类也,专集则别集类也。选本之佳者,既分撮其英华,又合论其同异,故于初学为便。然不阅专集,终不能窥全豹,譬如尝鼎一脔,安得自诩知味?且彼操选政者,亦自阅专集而来。若吾人但知选本,而不求诸专集,究恐难浃洽贯串。《朱子语类》云:"作诗先须看李、杜,如士人治本经,本既立,次第方可看苏、黄以次诸家诗。"此教人看诗集法,文集可依此推之。自周、秦、两汉文章外,当以唐、宋八大家为先,而后及其馀。先姜坞府君尝论明人流览多,爱浸淫于后代文集,而不自振。吴挚甫先生亦告永朴多读秦、汉人书,少作宋、元人语。此意学者不可不知。此外犹有三法:一曰分段落。盖不先将段落分清,何由寻古人线索,而得其精神?惜抱先生于文之深古者,每注明各段大意,曾文正读书尤详于分段,皆以此。番禺陈兰甫(澧)亦言《小雅》"有伦有脊"之语,即作文之法。作文必先读文。凡读古人之文,每篇必求其主意而标志之,寻其伦次而分画之,明乎古人之"有伦有脊",而后我之作文能"有伦有脊"也。二曰观古人评点。惜抱先生《答徐季雅书》云:"夫文章之事,有可言喻者,有不可言喻者。不可言喻者,要必自可言喻者而入之。韩昌黎、柳子厚、欧、苏所言论之旨,彼固无欺人语;后之论文者,岂能更有以逾之哉!若夫其不可言喻者,则在乎久为之自得而已。震川阅本《史记》,于学文最为有益,圈点启发人意,有愈于解说者矣。可借一部临之,熟读必觉有大胜处。"昔永朴先考慕庭府君尝言:吾乡戴存庄孝廉(钧衡)入都,曾文正询古文法,存庄以《惜抱轩尺牍》告之,文正由是益肆力文章,故作《圣哲画像记》云:"国藩之粗解文字,由姚先生启之也。"《欧阳生文集序》亦及存庄,谓"精力过绝人,自以为守其邑先正之法,嬗之后进,义无所让"。观此可见为文必有导师。特古今评点极多,苟非善者,或反害初学而乱人意,亦宜知所择耳。三曰观古人注释。夫注释之为益有三:一在知年月。张文端公《聪训斋语》云:"予于白、陆诗,皆细注年月,知彼于何年引退,其衰健之迹皆可指。"古文亦然,必如此乃可知才力早晚强弱、深浅之不同。二在知典故。盖古人无一字无本,况其中多有稽古事、述旧章之处,能考其根据,则晓然于运用及援引之法。三在知命意。古人立言,每因时而发,非详辨之,不能知人论世。但不可穿凿为说。《四库全书总目》论《楚辞》云:"词赋之体与叙事不同,寄托之言与庄语不同,往往恍惚汗漫,翕张反复,迥出于蹊径之外,而曲终乃归于本意。疏以训诂,核以事实,则刻舟而求剑矣。如《离骚》大旨全在篇末,以前皆文章之波澜。不观其通,而句句字字必求其人以实之,反诋古人之疏舛,是亦苏轼所谓'作诗必此诗'也。"又论杜诗云:"自宋人倡'诗史'之说,而笺杜诗者,遂以刘昫、宋祁二书据为稿本,一字一句,务使与纪传相符。夫忠君爱国,君子之心;感事忧时,风人之旨。杜诗所以高出于诸家者,固在于是,然集中根本不过数十首耳。《咏日》而以为比肃宗,《咏萤》而以为比李辅国,则诗家无景物矣。谓'纨袴'下服比小人,谓'儒冠'上服比君子,则诗家无字句矣。"《援鹑堂笔记》云:"何义门于阮嗣宗《咏怀》诗,多援魏、晋易代之事释之。夫阮旨渊放,归趣难求,昔人之所怯言。而必一一举其事以实之，岂悉合哉？"侯官严几道（复）亦告永朴云："此古诗耳。八十馀首，不必作于一时。谓身仕乱朝，语忧情郁，则闻命矣；若谓皆缘一事而发，非讥曹爽，即刺典午，殆不其然。"然则此等必有左证乃可信，否则与其凭臆以断，又不若阙如之为愈矣。若作文之法，以勤于改削为要。观吕居仁《紫微诗话》云："老杜云：'新诗改罢自长吟。'文字频改，功夫自进。欧公作文时加窜定，有终篇不留一字者。山谷晚年多定前作。"《朱子语类》云："尝见欧公《醉翁亭记》原稿，发端凡三四行，后悉涂去，而易以'环滁皆山也'五字。"洪景卢《容斋续笔》云："王荆公绝句'春风又绿江南岸'，原稿'绿'作'到'，圈去。注曰：'不好'，改'过'字，复圈去，改为'入'，旋改'满'。凡如是十许字，始定为'绿'。黄鲁直诗'高蝉正用一枝鸣'，'用'初用'抱'，又改曰'占'，曰'在'，曰'带'，曰'要'，至'用'字始定。"可见古人无不如是。是以泾县包慎伯（世臣）《乐山堂文钞序》云："自唐以来，世所盛称者八家。是八家者，则既千载如生已；而并世侪辈，亦托以不朽。文字之力，吹枯嘘生，有同造物，然吾闻欧阳子为文，脱稿即糊墙壁间，出入涂乙，至不存原文一字。夫欧阳之初稿，其超越寻常，岂顾问哉！而必涂乙至不存一字乃自慊，则知韩、柳、王、苏、曾之造诣，亦必尔也。"昌黎之颂李、杜曰："流落人间者，泰山一毫芒。"则知古人皆作之多而存之寡也。李、杜集中有两三稿并存者，则知古人虽再三改窜，而犹有未定也。亦有求助于师友者。曹子建《与杨德祖书》云："仆尝好人讥弹其文，有不善者，应时改定。昔丁敬礼（仪）尝作小文，使仆润饰之。仆自以才不过若人，辞不为也。敬礼谓仆：'卿何所疑难？文之佳恶，吾自得之，后世谁相知定吾文者耶？'吾尝叹此达言以为美谈。"《容斋续笔》引任昉为王俭主簿，俭出自作文，令昉点正，昉因定数字。俭叹曰："后世谁知子定吾文？"以为正用子建此书。《五笔》又载："范文正公《严先生祠堂记》歌词'云山苍苍，江水泱泱，先生之德，山高水长'以示南丰李泰伯（觏）。李读之起而言曰：'公之文出，必将名世，妾意易一字以成盛美。'公叩之，答曰：'"云山""江水"之语，于义甚大，于词甚溥，而"德"字承之，乃似趑趄，拟换作"风"字如何？'公凝坐颔首，殆欲下拜。"《颜氏家训·文章》篇亦云："学为文章，先谋亲友，得其评论者，然后出手，慎勿师心自任，取笑旁人也。"如此数条，求人改削，是或一道；但不可倩人代作，如此则永无长进之望矣。至于誊写亦不可草率。《聪训斋语》云："使人代写，最是大家子弟陋习。写文要工致，不可错落涂抹，所关于色泽不小。"斯言亦宜念之。

又《颜氏家训》言："学问有利钝，文章有巧拙，钝学累功，不妨精熟；拙文研思，终归蚩鄙。但成学士，自足为人；必乏天才，勿强操笔，吾见世人，至于无才思，自谓清华，流布丑拙，亦已众矣，江南号为'呤痴符'。"（《文章》）此自即不足与于大雅之林者言之。吾人倘自度才力可以研精此学，亦宜以专精为贵。昔方望溪尝作诗，海宁查他山（慎行）见之曰："子诗不能工，徒夺为文力。"望溪自是不为诗。惜抱先生尝作词,嘉宁王凤喈(鸣盛)语休宁戴东原(震)曰:"吾昔畏姬传,今不畏之矣。"东原曰:"何耶?"曰:"彼好多能,见人一长,辄思并之。夫专力则精,杂学则粗,故不足畏也。"东原以告,惜抱自是不为词。此二事相类,因足为后生龟鉴,附录于此。

结 论

永朴为诸君撰《文学研究法》二十四篇，于文章奥窔，言之亦略具矣。虽然，犹有一说焉。大抵昔人论文，皆本其所阅历者告人，欲人目前依之用力，则将来得力较为直捷耳。若但袭其语以为谈助，遂居之不疑，谓"真诀吾已得之"，是道听途说也。夫天下岂有道听途说而可以收实效者？是故欲工兹学，非有真悟不可。昔惜抱先生《与陈硕士书》云："文家之事，大似禅悟，观人评论圈点，皆是借径。一旦豁然有得，呵佛骂祖，无不可者。此中自有真实境地，必不疑于狂肆妄言，未证为证也。"而与先大父石甫君书又云："凡诗文事与禅家相似，须由悟入，非语言所能传。然悟之后，则返观昔人所论文章之事，极是明了也。欲悟亦无他法，熟读精思而已。"又云："此不可急求，深读久为，自有悟入。"是则真悟必出于真知，真知必出于真学也。曩尝喜程伊川谈虎之喻，以为中惟一人闻之色变，盖曾为虎所伤，故深知之。而明道语王介甫云："公之谈道，正如说十三级塔上相轮，对望之曰'如此如此'，极是分明。某则不然，必直入寻之，辛苦登攀，逦迤而上，直至十二级时，虽犹未见，然却实在塔中，去之渐近，要之须可以至也。至相轮中坐时，依旧见公对塔说'如此如此'。"此虽说道，而文事亦犹是矣。是故始必有人指示途辙，然后知所以用力；终必自己依所指示者而实行之，然后有得力处。不然，非眼高手生，即转为深细之律所束缚而格格不吐。欲免此二病而获益，要惟有从事于惜翁所谓"熟读""精思"及"久为之"者。何也？"熟读""精思"，则能即古人之文，印之于心；"久为"又能以所得于古人者，验之于手。工夫果足，何患不与诸大家并驾齐驱！有志之士，尚其勉之！

附录

桐城耆旧言行录序

姚永朴

　　吾尝推论史家义例，莫不本之于经。盖编年之法，创自《春秋》；志传之文，肇于《典谟》；其他杂记圣贤言行，则《论语》实为之嚆矢焉。《家语》《孔丛》，虽皆后儒伪托，然亦缀合孔氏遗文，仿《论语》而为之者也。周秦诸子亦间纪圣贤轶事，而词多荒诞不可信。惟刘向《新序》《说苑》所载，主于明纪纲，迪教化，不失为儒者之言耳。六朝时，刘义庆作《世说新语》，其中颇多游鄹之谈、浅薄之行，以词旨名隽，好文者嗜之。故其书易行，而害道亦最甚焉。宋承五代之馀，名卿巨儒，并生挺出。南渡后，朱子乃考其言论行事，编为《名臣言行录》及《伊洛渊源录》，皆足以感发兴起，有益学者甚大。夫传状之文，贵能纪其人之大节。故功在社稷者，其州郡之设施略焉；功在州郡者，其乡里之行谊略焉。非惟叙事之体则然，苟详于其小，则大者转以之不显焉耳。惟记录之书，可以巨细兼采，即言论足取，亦得并录，以资观法。此二者之体所以能并存不废也，要必以有裨于人心风俗为义，岂徒曰广见闻、资采摭而已哉？吾乡前明士大夫，自左忠毅公外，大率皆以风节著闻。其励志圣贤之学者，则始于何先生唐，而大于明善方先生学渐。数传至密之先生，一变为宏通淹雅之学，论者遂谓其书开实事求是之始。圣清膺运，先端恪公及张文端、方恪敏相机立朝，并有贤良之誉。雍、乾间，方望溪侍郎以学行为天下宗，海峰、惜抱两先生继之，于是天下言文章者，复归向桐城，以为正轨。呜呼，可谓盛矣！昔明善先生尝撰《桐彝》《迩训》两书，虽所收录甚简，然吾邑正、嘉以前之文献，实赖是而仅存。予每与马君通伯言此，未尝不思所以赓续之者。乙酉秋，通伯既撰《耆旧传》若干卷，予乃本朱子之意，遍采史传志乘，及诸家文集笔记，别为言行录一书，悉引原文，而各详注其所出，意主征实而已。传所取之人为详，而事则非其大者不载。是录所取之事为博，而人则非其大者亦不载。其详略异同之间，盖有可相辅者。独恨才识媕陋，所搜辑者，未必有当前哲之心。然置诸座隅，以自检束，则庶几可为寡过之助云尔。

答方伦叔书

姚永朴

伦叔足下：永朴自少好为文章，然求之太迫，无所真得，胸中无一成熟书。去年春来天津，奉教吴挚甫先生，始知精诵为学文始事，因取古人之文，悉心读之，久之乃涣然微觉有得。窃谓古今之学，义理外惟训诂、词章。词章之学，其托业未必胜乎二者。然而二者之学，每相訾謷，惟词章实足通二家之邮而息其垢。何则？为词章者，欲气之盛，则必从事于义理，以求慊其心；欲词之古，则又必从事于周秦两汉之书，以通其训诂。古之能文若贾谊、董仲舒、司马迁、刘向、韩愈、欧阳修之徒，未有不兼乎二者之长者也。夫气者，人之精神著于外焉者也。馁于内而欲其外之盛，岂可得哉？举声华荣利之所在，皆不足以动其中，然后其心静，心静矣则气自生，此韩氏所以欲养其根加其膏，欧阳氏所以谓道胜者文不难自至也。然而修词之功，又岂可少哉？意则必衷诸道，言则必出于己。不衷诸道，则其意荒；不出于己，则其言陈。近世学者自古人一二常诂外问之，辄瞠目而不能答，矫之者又专远，皆不可得也。故鄙意今日欲致力文事，非精通于义理、训诂不可。虽然义理之文或失则质，考证之文或失则碎，取二者之长以助吾文可也。若举其体效之，乃转足为文病矣。辱吾子问，辄吐其一得之见，尚冀高明有以教之。春寒，伏惟保重千万。